De l'obscurité à la lumière de la foi

Lindsay Mamosa

De l'obscurité à la lumière de la foi

Roman

LE LYS BLEU
ÉDITIONS

Il s'en est fallu de peu pour que l'on découvre derrière son cœur ce qu'elle cachait.

De l'amour et tant de rancune aussi.

Nul n'aurait pu croire que l'on puisse aimer autant et haïr en même temps.

Après quelques années, elle avait réussi à faire taire ce qu'elle ressentait et à peindre, sur chaque mur de sa prison dorée, des couleurs de sa fictive liberté.

Elle y croyait, à son nouveau départ.

Pourtant le temps passait, doucement la dorure s'étiolait.

Sous les couches de peinture, la douleur était restée vive.

Dans une jolie petite maison de bois et de tôle, Célia avait appris à marcher.

Sur un carrelage froid elle s'élançait entre cris et rires, ses longs cheveux noirs épais flottaient derrière elle.

Dans sa robe verte à carreaux, aux motifs semblables à la nappe de la cuisine, elle tournoyait sur elle-même.

Très élancée pour ses huit ans, le poids de son corps la tirait et elle finissait par terre sur ce sol bien propre que sa mère, Monique, nettoyait chaque jour avec ardeur.

« Attention, Célia, tu vas te faire mal !

— Oui, maman. »

Elle respirait le bonheur, et son grand frère, Arthur, téméraire et espiègle, était son compagnon de jeu.

Les deux enfants étaient comme des jumeaux, Célia étant venue au monde treize mois après Arthur.

Ils ont tout fait ensemble : les premières bêtises, les vaccins, les goûters d'anniversaires des copains…

Monique les regardait évoluer toutes ces années tout en s'occupant de son foyer.

Ils ne s'ennuyaient pas dans l'immense jardin, c'était pour eux un endroit merveilleux.

Il y avait la canne à sucre qui poussait en plein milieu et tout autour des bananiers.

En regardant bien, l'on trouvait diverses racines, dont le manioc et le songe.

Célia se perdait volontairement dans ces champs de canne miniatures, elle aimait cette sensation d'être hors du monde, insaisissable dans l'immensité comme si le temps s'était figé et que la vie était éternelle...

Mais très vite, Arthur retrouvait sa piste et la sortait de sa rêverie.

Ils se coursaient l'un et l'autre sans cesse, tantôt complices, tantôt en guerre.

Comme Christophe Colomb et Amerigo de la Vega, chaque mètre de la cour était un endroit à explorer et à conquérir.

La flaque d'eau par terre se transformait en un grand fleuve, la boue était des sables mouvants, les petits cailloux étaient de vastes rochers et les petites buttes de terre se modifiaient en immenses montagnes.

Arthur était le chevalier servant, prêt à secourir la belle princesse à tout instant.

Il combattait d'innombrables bêtes féroces : le petit canard était un dragon assoiffé de sang, le poulet un troll voulant dévorer sa promise et le chat, un loup féroce et maléfique.

Ils ne sortaient de leur monde imaginaire qu'à l'appel de Monique au moment du goûter.

Elle leur préparait chaque jour une douceur. Ils s'installaient sous les bananiers, les fesses posées à même le sol.

Son petit flanc à la pistache, son gâteau « tison », sa salade de fruits, le gâteau yaourt, le gâteau patate ravissaient leurs papilles et calaient leur estomac jusqu'au repas du soir. .

Célia se tenait près de sa mère et la contemplait, la jeune trentenaire avait la peau dorée du soleil chaud de l'océan Indien, les cheveux frisés de la femme créole.

Ce petit moment de bonheur ne durait que trop peu pour les enfants, Frédéric leur père allait bientôt rentrer de la plantation et Monique devait terminer de préparer le repas.

Alors comme chaque jour, ils terminaient leurs aventures, dans le grand manguier au fond du jardin, jusqu'à ce que 18 heures sonnent.

« Papa ! s'écriaient-ils tout en sautant de branche en branche.

— *Allé moustiques rent la case, lé tard !* »

Sur l'île de la Réunion, il est coutume que les enfants regagnent le foyer à cette heure-là, et que surtout la nuit tombée, ils ne restent pas sous les arbres afin de ne pas être la cible de « mauvais esprit ».

Après un passage à la douche, toute la famille se retrouvait à table pour dîner. Durant tout le repas ils écoutaient les aventures de leur papa, comment il avait coupé 4 tonnes de cannes avec son sabre aujourd'hui, les galères qu'il avait rencontrées, les nids de fourmis, le duvet sous la peau, la couleuvre, la panne de moteur du tracteur, comment il avait fait tout seul toute la journée sous un soleil de plomb. Puis enfin, ils partageaient avec lui ce qu'ils avaient découvert dans l'immensité de leur jardin.

« Papa, j'ai trouvé une roue de vélo dans la cour ! lui dit Célia.

Elle est à toi ?

— Non ma chérie, ça c'est le vélo out momon ça, répondit Frédéric dans sa langue maternelle.

— Quoi ? Maman a un vélo ? Je ne l'ai jamais vue faire du vélo. En fait, je n'ai jamais vu maman faire autre chose que s'occuper de la maison. »

Célia s'arrêta net de manger, et posa ses yeux sur sa mère.

Durant de longues minutes, sa petite tête basculait de gauche à droite tout en scrutant Monique qui ne semblait pas la voir.

« *Quoi la arrive a ou ? Mange !*

— Tu fais du vélo, maman ? »

Monique lui sourit mais ne lui répondit pas, elle débarrassa la table et demanda aux enfants de se préparer pour aller se coucher.

Tout en se brossant les dents, elle essayait d'imaginer sa mère sur un vélo, comment cette petite femme ronde pourrait bien tenir sur deux roues, Célia se dit que c'était vraiment impossible, sa maman n'avait sûrement jamais fait de vélo, des gâteaux oui, mais du vélo c'est sûr que non !

La nuit était tombée, Célia était dans son lit et Arthur dans le sien, mais ils étaient dans la même chambre.

Arthur avant de dormir s'amusait à faire le poirier sur le lit.

Ils entendaient leurs parents discuter sur la véranda, mais ils avaient l'interdiction de se lever une fois couchés, sauf sous peine d'envie urgente il ne fallait plus poser le pied par terre.

« Bonne nuit », lança Monique en éteignant la lumière.

Il faisait noir partout, on entendait juste les margouillats faire leurs petits cris. Arthur ronflait déjà, Célia, elle, scrutait la fenêtre, en y cherchant la moindre lueur à travers le rideau de dentelle.

Les étoiles étaient scintillantes et cela la rassurait, bien qu'Arthur dormait dans sa chambre, Célia n'aimait pas l'obscurité.

Son imagination était si débordante qu'elle voyait des choses qui n'existaient pas, souvent sa mère lui disait qu'elle était « gros tête », ce qu'on pourrait traduire par une forte perception du monde mystique et une bonne dose de malchance.

Elle se leva doucement, et ouvrit la porte, son cœur se mit à battre la chamade, elle courut sur la pointe des pieds jusqu'à la chambre de ses parents, s'y introduisit et se glissa dans le lit, à côté de sa maman. Elle sentit le corps chaud de Monique et ses petits yeux se fermèrent presque automatiquement.

Monique sentit quelque chose de froid et se réveilla, Célia avait cette manie de venir dans son lit très souvent et à chaque fois elle mettait ses petits pieds sous ses jambes.

Depuis le temps elle aurait dû savoir que sa maman détestait cela.

« *Frédéric, Frédéric, réveille a ou !*

— A cause ou réveille a moin la ?

— Allé mette Célia dans son lit !

— Laisse a elle la té !

— Non ma dit a ou, allé dépose a elle !

— OK, pfft ! »

Frédéric sortit du lit, agacé, et emmena Célia jusqu'à sa chambre et la recoucha.

« Papa ! Maman sait faire du vélo ? demanda-t-elle à moitié endormie.

— Oui, ma chérie, elle sait en faire des choses, ta maman. Allez, dors, ma puce. »

« Eh, marmotte, tu te réveilles ? Allez, dépêche-toi, il y a école aujourd'hui ! cria Arthur en courant autour de son lit.

— Dépêche a zot, zot va être en retard ! » cria Monique, tout en préparant les sacs et le goûter, elle semblait courir dans tous les sens tout en conservant un certain calme mais sa voix était froide.

Elle prit Célia et l'emmena dans la salle de bain, la mit sous la douche.

« Ça y est, tu es réveillée. Allez, on se dépêche ! Change-toi, avale ton lait et on y va !

— J'ai sommeil, j'arrive même pas à ouvrir les yeux maman, je peux me remettre au lit ?

— Hors de question ! Sinon, tu te remettras au lit tous les jours et ça c'est pas possible !

La prochaine fois, dors, ne viens pas dans mon lit, je suis sûre que tu seras moins fatiguée !

Tu as de la chance déjà que l'école soit juste au coin de la rue, comment tu aurais fait si on vivait plus loin. »

Célia n'était pas du matin, elle était plutôt de l'après-midi, et puis Célia n'avait jamais vraiment les pieds sur terre, elle était toujours quelque part ailleurs.

Arthur était là, près d'elle, à lui tenir la main et puis à la tirer pour la conduire quand elle se déconnectait du monde. Et là, c'était Arthur qui l'amenait à l'école sous le regard de Monique qui les observait depuis le devant de sa maison.

Les enfants partis, Monique s'activait comme chaque jour à tout remettre en place, et surtout à tout nettoyer, rien ne devait dépasser, tout était minutieusement pris en compte.

Le repas mijotait, elle avait tout juste le temps de se coiffer.

Elle ne prenait pas le temps de se reposer, avec elle tout devait filer droit.

Quand les enfants rentraient de l'école, ils regardaient cette maison qui comme à son habitude était redevenue clean comme par magie, tout sentait le parfum des produits d'entretien, tout brillait, et scintillait, tout sauf leur maman, elle paraissait sombre.

« Prenez votre goûter et aux devoirs ! »

Les enfants attendaient l'arrivée de leur père avec impatience, lui, savait jouer.

Quand Frédéric passa la porte de la maison, les éclats de rire retentirent.

« PAPA ! »

Il se lava vite fait sous le tuyau d'arrosage du jardin afin d'enlever le surplus de boue, et les éventuels duvets.

Il prit sa douche dans la salle de bain et s'allongea à même le sol dans la cuisine, Célia et Arthur se mirent par terre avec lui.

« Allez viens maman, on va rigoler ! lui dit Célia.

— Et puis quoi encore, c'est pas en m'allongeant pas terre que le dîner sera prêt ! »

Célia la regardait et se disait : « Eh ben, c'est pas drôle d'être maman ! »

En effet chaque jour, Monique était ainsi, elle ne s'autorisait aucune distraction, aucun relâchement.

Frédéric lui, bien qu'il travaillait énormément lors de la période de « la coupe cannes » avait beaucoup d'intérêt pour les divertissements.

D'ailleurs il proposait régulièrement à sa femme de sortir, aller au restaurant, se faire un cinéma mais celle-ci préférait continuer son travail domestique.

Depuis quelques mois déjà le couple ne partageait plus rien à part le lit conjugal, Monique remplissait son rôle de mère et remplissait tous ses devoirs domestiques, mais avec Frédéric c'était la guerre froide.

Les enfants ne se doutaient de rien, mais leurs petites vies paisibles allaient bientôt être bouleversées.

Un soir en rentrant de l'école, ils entendirent des voix d'adultes qui criaient depuis le coin de la rue, ils ne s'attendaient pas à ce que ce soit leurs parents en pleine dispute.

C'était la première fois qu'une telle scène se produisait devant les yeux d'Arthur et Célia.

Les deux petits ne comprirent pas, ils se regardèrent, se prirent dans leur bras et commencèrent à se mettre à pleurer.

Les mots qui fusaient dans tous les sens, les insultes, toutes ces bombes verbales projetées de la chambre au salon avec autant de virulence les choquaient au plus haut point.

C'en était trop pour Célia, « papa, maman, arrête ».

Les deux adultes se retournèrent alors, et virent leurs deux enfants en état de choc à l'entrée du salon, ils se calmèrent immédiatement.

Un peu tard certainement, car le mal était fait, la structure familiale avait volé en éclat. C'était une scène de guerre à laquelle les deux petits venaient d'assister.

À l'intérieur d'eux-mêmes, ils avaient compris que tout allait changer.

Ce ne pouvait être une petite dispute de rien du tout, ils avaient entendu les mots, perçu la colère, et vu la fureur dans les yeux de leur mère.

Ils le sentaient, c'était le début de la fin, et le commencement de la déchirure.

Monique s'en voulait, depuis plusieurs semaines elle tentait de dissimuler ce qu'elle avait appris.

Frédéric quant à lui, ne savait plus où se mettre, le fautif c'était lui et il ne voulait pas perdre l'estime de ses enfants.

« S'il te plaît ne leur dis rien, je te jure ce n'est arrivé qu'une fois, pardonne-moi !

— Arrête de me mentir, cela fait des mois que ça dure, je le sais.

— Je te jure que non !

— Ça suffit, et tais-toi, je ne veux plus t'entendre, les enfants sont couchés, laisse-les dormir !

— Tu crois qu'ils dorment, ils doivent être réveillés encore !

— Raison de plus pour te taire ! Prends tes affaires tu dors dans le salon ce soir !

— Monique, tu crois vraiment que c'est le mieux ?

— Il est hors de question que tu restes là, ça je peux te le dire ! »

Frédéric prit ses affaires et se mit dans le canapé, Monique s'était enfermée dans sa chambre, Arthur tenait Célia dans ses bras. Célia pleurait encore à chaudes larmes.

« Ils vont divorcer, dada ?

— Mais non, les parents ça se dispute, ça arrive, t'inquiète pas ! »

Les semaines passèrent et l'on aurait presque cru que les choses étaient restées les mêmes, les enfants avaient repris leurs jeux habituels dans le jardin, le sourire de Célia était redevenu florissant sur son visage, Arthur avait terrassé plusieurs dragons et s'apprêtait à traverser une vallée de crocodiles.

À part le fait que Frédéric s'était installé dans la future chambre d'Arthur.

Celle-ci n'était pas encore prête, les murs n'étaient pas peints, et la dalle de béton n'avait pas encore revêtu son carrelage, Frédéric attendait la fin de la coupe cannes pour se lancer dans ce chantier.

Les enfants ne comprenaient pas pourquoi leur père dormait là, alors Frédéric leur fît croire que c'était à cause de ses ronflements que Monique ne voulait plus de lui dans sa chambre.

Monique continuait de faire comme avant, entretenait la maison, préparait les repas, veillait aux devoirs et faisait appliquer la discipline comme d'habitude.

Les enfants n'imaginaient pas du tout ce qui se tramait.

Un jour alors que Monique ouvrait le linge, le téléphone fixe de la maison sonna, et comme à son habitude Célia se précipita, tout comme Arthur d'ailleurs. Célia saisit le combiné et dit « Allo », elle fut très étonnée d'entendre la voix d'une jeune femme qu'elle ne connaissait pas, qui lui demandait de passer le combiné à son père et cela sans le faire savoir à sa mère.

Quelle demande bien étrange tout de même !

Célia répondit à la dame que son papa n'était pas là, qu'il travaillait à la plantation.

La dame lui demanda alors de ne rien dire à personne.

Tout cela devenait de plus en plus louche.

Célia était rêveuse mais elle était loin d'être bête.

Certes, dans son imaginaire à elle, le mot adultère n'avait pas sa place, car dans les jeux de Célia tout se passait comme il fallait, les hommes étaient loyaux, les femmes belles et gracieuses, les frères bons et braves.

Et par-dessus tous les papas étaient exemplaires.

Célia le sentit en elle que cet appel n'avait rien d'anodin, elle préféra ne pas en parler à sa maman.

Elle avait très peur que cela provoque une nouvelle dispute.

Frédéric était rentré un peu tard ce soir-là, Monique fit mine de pas s'en soucier. Ce n'est que plus tard en préparant la nouvelle machine pour le lendemain qu'elle s'aperçut que la chemise de Frédéric avait la trace d'un rouge à lèvres.

Les enfants étaient devant la télé, et Frédéric terminait son repas à table.

Monique arriva dans la cuisine dans une fureur telle qu'elle saisit l'assiette de Frédéric et la lança comme un frisbee à travers la pièce.

L'impact de la céramique sur le mur, les bouts d'assiette éparpillés sur le sol, le riz et la sauce tomate sur les murs ! Tous se retournèrent dans un sursaut !

La scène de guerre s'était remise sur play, et c'était parti, les enfants s'enfuirent dans leur chambre. Frédéric se leva immédiatement de sa chaise, pour ne pas rester dans cette position de faiblesse, il se mit debout et recula tout en conservant ses mains au plus près de son visage, il connaissait sa femme, cette valeureuse femme, forte et courageuse, furieusement incontrôlable.

« Mais quoi ?

— Quoi, tu te fiches de moi, tu es encore parti voir ta putain ! Et dire que je t'ai cru encore, cru à tes mensonges, tu n'as pas changé, tu n'as jamais changé, tu as le feu aux fesses !

— S'il te plaît, calme-toi, pense aux enfants !

— Ah parce que c'est moi maintenant qui dois penser aux enfants, et toi tu pouvais pas y penser toi ! Toutes ces années tu nous as pris pour de la merde ! Je suis restée là des heures à m'occuper d'eux pendant que tu allais me tromper dans tous les recoins de la ville !

Je ne voulais pas les croire, toutes ces commères qui me disaient que tu n'étais qu'un coureur de jupons ! Mais comment j'ai pu être aussi conne ? Je t'ai donné les meilleures années de ma vie, salopard !

— Mais voyons, pourquoi tu te mets dans un état pareil !

— Tu te permets de te moquer de moi encore ? Tu essaies de nier !

— Je ne vois pas de quoi tu parles vraiment !

— Cette fois-ci, c'est trop, tu veux la guerre, tu vas l'avoir ! »

Monique partit dans la chambre avec une paire de ciseaux et commença à cisailler tous les vêtements de Frédéric ! La colère l'avait transcendée, elle ne pensait pas une seule seconde à ses enfants apeurés qui s'étaient cachés dans leur chambre et qui entendaient tout !

« Arrête, chérie, fais pas ça ! »

Monique se retourna vers lui et le poussa sur le lit.

« Ne m'appelle pas chérie, garde ça pour tes putains !

— Bon, tu es très en colère, je vais allez faire un tour et te laisser te calmer !

— Oui, c'est ça, va-t'en et ne reviens plus jamais ! »

À ces mots, Célia sortit de la chambre et sauta dans les bras de son père :

« Papa non, pars pas, papa s'il te plaît non ! »

En voyant cela, Monique eut mal au cœur comme si tout à coup elle comprit que le choix de ses enfants était de vivre avec leur père de toute façon et que le jour où Frédéric partirait, ils partiraient avec eux !

« J'ai vraiment tout sacrifié pour rien ! » Monique s'effondra en larmes, c'était la première fois qu'il la voyait pleurer, cette femme si forte et fière !

Quelle est donc cette chose, qui terrasse les dragons ?

Monique était détruite, à l'intérieur d'elle une chose s'était brisée, son estime, sa force, sa volonté, sa vaillance, son courage, sa rage !

Et l'espace d'un instant tout s'était rompu !

Elle l'avait tellement aimé, cet homme, elle avait tout donné pour lui, pour perdre tout surtout !

Monique avait contrarié toute sa famille en quittant sa ville natale, pour suivre ce petit yab.

Elle laissa ses parents et rompit ses liens familiaux.

Elle suivit cet homme par amour !

Très vite elle l'épousa, et dès les premiers mois du mariage des rumeurs couraient dans tout le village qu'il trompait la jeune mariée !

Elle n'avait jamais voulu croire à ces ragots, elle l'aimait tellement !

Aujourd'hui toute la vérité lui sautait au visage, il l'avait toujours trompée, c'était évident, et cela lui était insupportable !

Et voir ses enfants se rallier à lui était une double trahison !

Arthur contrairement à Célia n'était pas en pleurs, et n'avait pas accouru au secours de son père. Bien au contraire… Ces quelques mois de plus lui avaient offert une maturité que Célia n'avait pas. Il comprit vite ce qui se passait, sa mère ne sombrait pas dans la folie, non !

Dans le cœur d'Arthur un sentiment étrange était en train de naître : la rancœur. Peu à peu, il détestait son père pour le mal qu'il infligeait à Monique et à Célia.

Au fil des mois, la petite maison se métamorphosa, des lignes imaginaires avaient été tracées.

Des espaces réservés pour l'un et l'autre, la cuisine, la chambre et la véranda étaient pour Monique, le salon, l'arrière-cour et le garage pour Frédéric.

Les enfants naviguaient entre eux, tandis qu'eux-mêmes créaient leur refuge dans leur chambre.

Ils ne partageaient plus leurs repas en famille, chacun venait à sa guise se servir quand il le voulait, et surtout quand il le pouvait.

La bienveillance de Monique avait volé en éclat, elle ne se souciait plus de rien, elle faisait les choses de manière mécanique pour les faire tout simplement et elle allait au plus vite.

C'était fini le temps des bons petits plats mijotés et des goûters préparés avec amour.

La tension était palpable, les rares fois où le couple se rencontrait les insultes fusaient.

Célia l'avait compris : plus jamais les choses ne redeviendraient comme avant.

« Papa, ça va ? » Chaque jour, elle se rendait dans le salon pour lui parler.

Elle s'inquiétait pour lui, elle n'avait pas en tête que son père était fautif, c'était son père et c'était tout ce qui comptait.

Elle idéalisait son papa depuis toujours, elle n'avait jamais manqué de rien, il avait toujours répondu au moindre de ses besoins !

Il lui avait offert tant d'amour et d'affection.

C'est à cette période que Célia commença à écrire, dans un petit cahier, elle notait tout ce qu'elle ressentait.

Petit journal, j'ai mal de les voir se détester, maman ne me regarde même pas, et papa est triste même s'il me dit que non !

Qu'a-t-il fait pour mériter d'être tout seul tout le temps ?

Je ne comprends pas ma maman, elle est en colère, on dirait qu'elle ne nous aime plus !

Depuis plusieurs jours, elle ne dit rien, avant même si elle ne riait pas souvent, elle venait nous donner de bonnes choses à manger, elle me disait de ne pas faire de bêtises, de ne pas courir, de ne pas gaspiller l'eau, de faire attention, et là depuis le jour où elle a brisé la vaisselle, elle ne parle plus et ne dit plus rien. Nous aussi nous ne disons plus rien, de peur que si on ose parler, elle se mette à hurler !

Arthur, lui, avait comme pris de la distance, il n'allait plus vers son père, depuis cette guerre des tranchées, il s'était réfugié dans son QG, « sa chambre ».

De temps en temps, il profitait de ce silence pour faire comme s'il dormait, et il sortait en douce pour aller jouer chez les voisins !

Célia restait seule à la maison, à jouer à la poupée, à faire mine que tout allait bien.

Le téléphone sonna encore et encore une fois ce fut Célia qui décrocha : « Non, il n'est pas là ! »

Monique rentra dans la pièce et saisit le combiné des mains de Célia, et la regarda dans les yeux : « C'est qui ? »

Célia se figea : « Je sais pas maman ! »

Monique prit le téléphone et s'adressa à l'interlocuteur : « C'est qui ça ? » d'une voix ferme et glaciale.

Tout à coup, elle prit le téléphone et le balança par terre, et arracha le fil qui le reliait au mur.

Elle regarda Célia avec les yeux noirs : « Tu savais ! Tu étais sa complice ! Mon propre enfant qui se ligue contre moi ! »

Dès lors ce fut la rupture entre Célia et sa mère. Un climat terrible régnait dans le foyer.

La relation mère-fille s'était rompue, même si elles partageaient peu de choses, on sentait quand même leur attachement, mais cette fois-ci, tout était brisé.

Arthur lui aussi, avait coupé ses liens avec son père et même avec Célia ce n'était plus pareil, il était tout plein de colère, et Célia n'avait en elle que de la peine.

Frédéric tentait de protéger sa fille, c'était lui désormais qui s'occupait de lui peigner les cheveux et de la préparer pour l'école, c'était lui qui l'accompagnait à la messe le dimanche, c'était lui qui la rassurait et la réconfortait.

Célia était dans une véritable souffrance, elle ne comprenait pas la colère de sa mère et celle d'Arthur, pour elle tout s'était assombri autour d'elle.

Monique allait de plus en plus mal, elle s'enfermait de plus en plus longtemps dans sa chambre.

Frédéric se chargeait de nourrir les enfants, il préparait des repas simples, souvent le même d'ailleurs, n'étant pas habitué à cuisiner.

Il n'y avait personne pour se rendre compte de la situation de la famille, les grands-parents paternels qui ne vivaient pas très loin, avaient l'habitude de voir les enfants à la sortie de l'école, Célia et Arthur buvaient un verre de jus de fruits, mangeaient un biscuit avec eux avant de rentrer chez eux, mais ils ne posaient aucune question aux enfants, ils savaient que l'ambiance était dure, que les parents des enfants étaient en désaccord mais ils ne voulaient pas prendre parti.

Les amis d'Arthur et de Célia n'étaient pas au courant, Célia expliquait son changement de tenue et de coiffure par le simple fait qu'elle avait envie de se coiffer elle-même et de faire ses propres choix.

À l'école elle n'avait plus la tête en place, ses professeurs voyaient qu'elle rencontrait de grandes difficultés, à tel point qu'à la fin de l'année scolaire, ils décidèrent de faire passer à Célia une évaluation par un professionnel d'une école spécialisée, venu expressément pour elle.

Célia n'en revenait pas, ils pensaient tous que, peut-être, elle n'avait pas les facultés mentales de suivre une école standard.

La petite fille se sentit terriblement seule et incomprise.

Le jour de l'expertise, l'homme en charge de son cas, lui posa diverses questions, et en à peine quelques minutes il se leva et appela le professeur de Célia.

« Je ne comprends pas pourquoi vous m'avez fait venir pour cette petite fille, elle n'a aucun problème d'apprentissage, c'est évident ! »

Le ton qu'il avait employé avait fait tellement de bien à Célia, en cinq minutes cet homme avait plus parlé à Célia que tout le personnel de l'école en une année, et avait pris vraiment le temps de l'entendre.

« Allez petite, courage, tout se passera bien, n'ayez pas peur de parler à votre instituteur ! »

À cet instant, Célia comprit que ce qu'elle vivait n'était pas anodin et que tout cela avait un impact sur elle et sur ses études.

Les mois passèrent. Célia et Arthur vivaient au rythme des disputent conjugales de leurs parents, ils s'y étaient habitués. Tous savaient autour d'eux que leurs parents ne s'entendaient plus.

Célia et sa mère n'entretenaient plus les mêmes relations, Monique passait son temps à donner des ordres à Célia, elle avait constamment besoin de tenir sa fille occupée, comme si tout à coup elle ne voulait plus la voir jouer.

Était-ce parce que Célia grandissait, et que Monique voulait la voir devenir la parfaite petite femme d'intérieur ?

Ou était-ce tout simplement une vengeance ?

Pour Monique, Célia avait choisi son camp, et ce n'était pas le sien.

Elle était peut-être jalouse de la relation de sa fille avec Frédéric, peut-être était-ce Frédéric qu'elle cherchait à atteindre par-dessus tout.

Le fait est que tout se compliquait pour Célia, de mois en mois, elle se transformait en Cendrillon, elle n'avait plus droit au moindre plaisir, elle était privée de tout, mais pour ce qui est des tâches ménagères, elle n'ignorait rien, faire la vaisselle, passer la serpillière, étendre le linge, laver à la main sur la roche.

Célia ne comprenait pas, son seul moment de répit était l'école, c'était l'endroit où elle tombait de sommeil, où elle laissait ses larmes couler à torrent et puis à la maison, c'était les toilettes, elle y passait des heures chaque jour, entre chacune de ses tâches, pour se protéger, pour reprendre des forces, pour respirer un peu.

Depuis quelque temps, Arthur avait découvert que sa mère cachait une bouteille de whisky dans la cuisine. Chaque jour, il surveillait et voyait que cette bouteille, tantôt vide, redevenait pleine, il comprit peu à peu que sa maman buvait plus qu'il ne le fallait.

Frédéric dormait dans le salon. Depuis quelques semaines, il avait terminé la chambre d'Arthur, du moins grossièrement, suffisamment pour que celui-ci quitte la chambre de Célia.

Arthur et Célia avaient grandi, et en effet il était plus que temps pour eux d'avoir leur intimité.

Les deux jeunes adolescents allaient au collège maintenant, et pour Célia c'était une belle occasion de tout recommencer à zéro, elle qui avait eu ces deux dernières années, beaucoup de difficultés, elle était heureuse d'avoir la possibilité de rencontrer de nouveaux enseignants qui ne connaissaient rien de son histoire ni de ses difficultés scolaires.

Arthur, lui, était d'un naturel très à l'aise partout où il allait, et avait une grande facilité à l'école, il suffisait qu'on lui explique une chose une fois de manière précise, pour que celle-ci s'inscrive en lui à jamais.

Ils n'étaient pas dans la même classe, Arthur était en 6e 1, avec les bons éléments, et Célia en 6e 4 avec les élèves plus lents et sûrement avec certaines difficultés d'apprentissage.

Célia était néanmoins soulagée car elle avait failli atterrir en école spécialisée.

Cette classe lui semblait bien, elle restait près de son frère et près de son foyer.

Le jour de l'évaluation des élèves, quelle ne fut pas sa surprise, les professeurs se déplacèrent pour lui dire que finalement elle ne serait pas en 6e 4, mais en 6e 3 car son test d'entrée en 6e était tout à fait correct.

Célia se sentit pousser des ailes, comme si tout à coup, elle avait enfin une vraie chance de changer son destin.

Monique, elle, avait travaillé sur elle, et s'était résignée à pardonner à Frédéric. Peu à peu, celui-ci regagna la chambre conjugale et libéra le salon.

Le cessez-le-feu avait été posé, tous essayaient de recoller les morceaux !

Célia était contente comme elle ne l'avait pas été depuis longtemps. Ne plus voir son père étalé dans le canapé, pouvoir de nouveau s'y asseoir et juste regarder la télé relevait de l'exploit.

Elle et Arthur pouvaient enfin partager à nouveau des choses ensemble.

Ils se rapprochaient, se racontaient leurs journées, dans leurs classes respectives.

Les deux jeunes gens étaient tous les deux en train de tomber amoureux !

L'un et l'autre se confiaient à cœur ouvert, complices comme dans leur tendre enfance.

Arthur néanmoins eut du mal à refaire confiance à son père et préféra se tenir à distance.

Voir ses parents se rapprocher de jour en jour ne l'enchantait pas.

Un soir, Monique appela tout le monde dans la cuisine et leur dit : « Allez, ce soir on mange en famille ! »

C'était comme un coup de tonnerre pour lui, il se sentit hypocrite autour de cette table, il n'y arrivait pas.

« À quoi on joue, là ? Ça y est, vous avez décidé qu'on était une famille depuis quand ? »

Et il sortit de table.

Monique ne dit rien, elle ne s'emporta pas, contrairement à son habitude.

Frédéric lui dit : « Tu pourrais faire semblant au moins !

— Comment ça, semblant ? lui demanda Monique.

Elle aussi se leva et quitta la table.

— Bon, ben on dirait que finalement on sera en tête à tête, ma chérie ».

Célia fondit en larmes : « C'est ça ? Ce n'est qu'une comédie tout ça pour toi ?

— Mais non, chérie, j'ai dit ça comme ça, encore une fois, j'aurais mieux fait de me taire. »

Ils quittèrent tous les deux la table.

Frédéric partit voir Monique dans la chambre et lui demanda pardon.

« Je sais que je n'aurais pas dû faire de l'humour, ce n'était pas drôle et puis, après tout ce qu'on vient de traverser, je n'avais pas le droit de briser ce moment.

— Je comprends Arthur, il a raison, à quoi on joue ? Ces trois dernières années on a vécu des moments terribles, j'ai fait souffrir nos enfants, et là je leur demande de faire comme si de rien n'était, ce n'est pas possible ! s'attrista Monique.

— Tout est possible, on a traversé tout ça, rien ne peut plus nous arrêter, et si quelqu'un a fait souffrir nos enfants, c'est moi, ce n'est pas toi ! Je te demande pardon, toutes ces années tu as gardé mon secret, tu n'as pas dit aux enfants tout ce que je t'avais fait, toutes mes tromperies. S'ils l'avaient su ils t'auraient soutenue toi, et certainement Célia m'aurait détesté.

— Non, tu as tes torts, mais j'ai les miens, je suis leur mère et je n'ai pas su faire la part des choses, je regrette tellement ! »

Monique se mit à pleurer dans les bras de Frédéric. Après toutes ces années c'était la première fois, qu'ils se disaient les choses ainsi.

Arthur était derrière la porte et il avait tout entendu !

Les entendre se parler ainsi, montrait à Arthur que peut-être en effet tous les deux ils avaient changé et que peut-être il y avait de l'espoir pour leur vie de famille.

Célia elle, avait mal au cœur, elle se demandait si son père avait vraiment l'intention d'arranger les choses. Depuis peu de temps elle commençait à comprendre que son papa n'était pas tout blanc dans cette histoire. C'était difficile pour elle de l'accepter, son papa c'était son héros, l'homme parfait de sa vie.

Elle l'avait toujours idéalisé, et au final de se rendre compte tout à coup que toutes les difficultés que sa famille avait traversées ne dépendaient que de lui, lui faisait mal.

Elle avait besoin d'en avoir le cœur net, elle décida d'aller parler à Monique à cœur ouvert.

Elle attendit que Frédéric aille prendre sa douche et elle entra dans la chambre de Monique.

« Maman je peux te parler ?

— Oui, de quoi ?

— Qu'est-ce qui s'est passé avec papa ? Il t'a fait quoi ?

— Mais pourquoi, tu sais bien ?

— Non, je ne sais pas, qu'est-ce qu'il a fait ?

— Je ne comprends pas pourquoi tu fais comme si tu ne savais pas ?

— Savoir quoi maman ?

— Que ton père avait des maîtresses, elles appelaient ici, et c'est toi qui lui passais les messages !

— Quoi ? Ben non, jamais ! Je ne savais pas que c'était sa maîtresse, la dame a appelé et m'a dit si mon papa était là, c'est tout ! »

Célia pleurait, Monique aussi contenait ses larmes.

« Je suis désolée, je croyais que tu cherchais à me le cacher !

— Tu m'en voulais… Alors, pendant tout ce temps tu m'as détestée, car tu me croyais la complice de papa ?

— Oui, j'avais tellement mal à me dire que tu avais pu le choisir à moi. Je t'ai portée dans mon ventre, je t'ai donné tout ce que j'avais de meilleur, et je vois bien que c'est lui que tu préfères.

— Maman, je t'ai toujours admirée tu sais, je me suis tournée vers papa car tu ne t'occupais plus de moi !

— Je croyais que tu ne m'aimais pas ! »

Frédéric était de retour dans la chambre, Célia le regarda et aurait aimé lui dire :

« Tout ça c'est de ta faute. Depuis tout ce temps j'ai cru que la seule responsable était maman, et tu ne m'as rien dit, j'étais tous les jours avec toi et pas une seule fois tu ne m'as rassurée, en me disant que peut-être maman avait ses raisons de te traiter comme elle le faisait… Pourquoi ?

Pourquoi tu m'as laissée me détourner d'elle, pourquoi tu nous as laissés nous détruire, pourquoi tu n'as rien fait pour nous réparer ? »

Mais au lieu de cela, elle dit : « Bon, ben bonne nuit à demain ! »

Dans l'immense cour de récréation du collège il y avait diverses bandes, Célia était heureuse car sa bande à elle avait fière allure et ils s'étaient installés au milieu, en dessous du plus grand arbre.

Ils étaient visibles de tous, leur groupe se composant de toute sa classe, la 6ᵉ 3 était de loin la classe la plus solidaire qui puisse exister. Toutes les récréations, ils étaient ensemble.

Les filles étaient pour la plupart très influentes et les garçons se laissaient volontiers mener par le bout du nez, c'étaient des gentils rigolos.

Il y avait Margaux, la plus populaire du lycée, belle blonde élancée à la mode, Chéryl, la petite hyper active du groupe, elle avait la bougeotte et parlait en dormant, Jessy, appliquée et studieuse, il y avait Vincent, le plaisantin en puissance, pas une seconde ne passait sans qu'il tente une blague, il y avait Hugo, le charmeur, il était toujours en mode dragueur et puis il y avait Célia, discrète au premier abord mais qui, bien entourée s'esclaffait de rire et suivait Chéryl dans ses courses effrénées.

Célia s'épanouissait auprès d'eux, et dans cette classe elle se découvrit, elle osa, se dépassa.

« Célia, allez, tu viens, on va s'inscrire au club de handball ? lui lança Chéryl.

— Mais je n'ai jamais fait de handball moi !

— Je suis sûre que tu seras très bien, ne t'inquiète pas, on va tous s'inscrire de toute façon, alors toi aussi ! »

Les entraînements commençaient le soir même. Célia appréhendait la réaction de sa mère : comment allait-elle prendre ça, partir pendant deux heures trente, toute seule au gymnase avec ses camarades de classe ?

À sa grande surprise, Monique accepta, mais lui demanda de faire certaines tâches pour pouvoir y aller, et puis elle lui demanda de bien respecter les horaires, et que quand c'était terminé de rentrer directement.

L'heure venue, toute l'équipe de filles, Chéryl, Margaux et Jessy, suivies par les jumelles, Lucy et Valéry, qui étaient les filles du beau-père de Margaux, était venue la chercher devant sa maison.

« Maman j'y vais, Monique regardait par la fenêtre, elle esquissa un sourire à Célia.

— Allez, Célia, dépêche-toi, on a encore Tina à aller chercher !

— Allez, dépêche ! »

Toutes les filles parlaient en même temps, elles riaient.

Vêtues de leurs plus jolis shorts et de leurs tennis rose paillette, pour la plupart, elles allaient, les jambes au vent, au gymnase.

Margaux se distinguait par sa belle chevelure blonde toute lisse et ses yeux marron clair ; Tina, qui était la plus grande, bien mince elle aussi, avait une chevelure de feu, rousse et ébouriffée, et des yeux en amande couleur noisette ; Chéryl et Jessy avaient les cheveux noirs, frisés pour l'une et ondulés pour l'autre, les yeux noirs et la peau mate ; Célia avait la peau dorée, les cheveux longs noirs bouclés et les yeux marron foncé.

La petite équipe de choc allait faire fureur sur le terrain.

34

Margaux, bien que jolie, n'était pas la meilleure joueuse de l'équipe ; Chéryl excellait dans tous les sports, son dynamisme et sa précision ainsi que son esprit de compétition faisait d'elle l'une des meilleures joueuses de l'équipe ; Jessy était une fine stratège, et c'était à elle que l'on confia le rôle de chef d'équipe ; Célia, n'était pas très douée, elle manquait de force et d'audace, mais elle était volontaire et persévérante, elle ferait pour le moment un bon pivot.

Leur entraîneur, Étienne était un homme de 38 ans, joueur lui-même depuis plus de 15 ans, et connaissait tous les rudiments de cette discipline, toute l'exaltation et toutes les difficultés que l'on puisse rencontrer dans un sport d'équipe. Il enseignait aux jeunes depuis deux ans et désirait participer aux championnats.

Il rêvait de remporter la coupe de handball féminine de l'île de la Réunion.

En voyant arriver ces demoiselles, belles, sûres d'elles, pleines d'entrain, et tellement soudées, il se dit en son for intérieur : « ça y est, voici mes championnes ! »

L'avenir allait lui donner raison : les filles formaient un tout indestructible sur le terrain.

Elles s'entraînaient trois soirs par semaine et participaient aux matchs de la ligue chaque week-end. Célia était heureuse, sa vie était bien remplie entre le collège et les entraînements, elle n'était plus préoccupée en permanence par la relation de ses parents qui avait tout l'air d'aller mieux.

Arthur voyait sa sœur heureuse et l'observait de loin, il avait d'autres préoccupations, le jeune garçon commençait à succomber au charme de Margaux.

Il n'osait pas en parler à Célia sachant bien que sa sœur serait incapable de cacher son secret, non pas qu'elle n'était pas digne de confiance, mais tout simplement car elle ne saurait pas cacher la vérité.

Margaux avait beaucoup d'emprise sur ses amies, et elle était le centre de toutes les attentions, la plus jolie du groupe, elle était déjà très courtisée, et la jeune fille en jouait.

Célia était bien loin de toutes ces considérations, naïve à tout point de vue, elle n'avait pas encore ressenti ce frisson, qui fait battre le cœur, qui change tout en un instant.

Chéryl et Célia s'amusaient, comme des jeunes filles insouciantes, Margaux, Tina et Jessy étaient plus mûres, plus averties.

La compétition de handball était lancée, après des semaines d'entraînement, et des sélections.

C'était ce matin-là, le premier match officiel pour les équipes féminines et masculines.

Dans l'immense bus qui les emmenait pour la rencontre sportive, garçons et filles étaient mélangés.

Célia était assise devant avec ses coéquipières et tourna la tête un court instant, à l'arrière du bus.

Elle l'aperçut, assis sur la banquette du fond, au centre, il était grand, le teint blanc, les joues roses, les yeux verts et les cheveux blonds.

Assis comme un matador, musclé tel un Apollon, le torse nu en short rouge, son t-shirt bleu sur l'épaule.

Il souriait, Célia frissonna, et vit comme un soleil émanant de lui... voici que Cupidon tout à coup, l'avait transpercée de la flèche de l'amour.

Elle ne comprit pas ce qui venait de lui arriver immédiatement. Son regard ne pouvait plus se détacher de lui, elle n'entendait plus rien à part sa propre respiration, et son cœur qui se détachait de sa poitrine... elle semblait percevoir son parfum et cela malgré les cinq mètres qui l'éloignaient de lui.

Qui était-il ? elle l'ignorait… Que faisait-il là ? D'où venait-il ? Pourquoi mais pourquoi tout à coup le temps s'arrêtait-il ?

Célia n'arrivait pas à se ressaisir.

« Eh, tête de linotte, on est arrivé !

— Eh oh, du bateau, tu te bouges oui ! » les filles la chahutaient en rigolant.

Célia sortie de sa transe, Chéryl attendit qu'elle sorte pour pouvoir sortir à son tour du bus.

« Qu'est-ce qui t'arrive, t'as vu un fantôme ou quoi ?

— C'est qui lui ? »

Elle montra à Chéryl discrètement le garçon qui avait arrêté le temps.

« Ah lui, c'est Ulrick, un garçon de 4e 1, il est dans la classe du frère de Margaux, il joue au handball dans l'équipe des cadets. »

Célia ne cessait de le regarder, mais Ulrick ne s'en rendit pas compte.

Le bus était arrivé à destination après 45 minutes de trajet.

Ils descendirent tous après avoir récupéré leurs sacs à dos.

Il fallait attendre devant le gymnase de Saint Louis, l'arbitre n'était pas encore arrivé, le gymnase était encore fermé, l'équipe était en avance, pour ce premier match.

Enfin, les voilà dans le vestiaire, elles se préparèrent, s'attifant pour certaines, heureuses de porter pour la première fois le maillot de l'équipe et son petit short assortis.

Lucie et Valérie ne trouvaient pas leurs shorts assez courts, alors elles le retroussèrent un peu.

Célia les regardait, amusée, elle aurait aimé avoir cette audace mais non, elle était déjà gênée avec son petit short.

Elle n'avait pas l'habitude de s'habiller si court, sa mère lui avait donné l'habitude de se couvrir, ses shorts à elle arrivaient jusqu'aux genoux, et ce petit short blanc arrivait à mi-cuisse.

Célia se sentit un peu nue, entre le maillot très blanc et près du corps et ce short nylon blanc transparent.

Heureusement pour elle, elle avait pris l'habitude de partir aux entraînements avec un petit short collant en dessous de son jogging, elle le garda en dessous de son short.

Elle se sentait mieux ainsi.

C'était sa touche à elle.

Ça y est le match a débuté, les filles sont au top, elles prennent vite leurs marques et le dessus.

Elles remportent le match, 5 à 2, elles sont heureuses, elles chantent, dansent, le retour en bus est en fanfare, l'équipe masculine a, elle aussi, remporté son premier match.

Célia, jubile, il y a quelque chose en elle, comme une braise chaude dans sa poitrine et elle se sent si légère, son équipe a gagné, elle est si heureuse.

Chacune a l'impression d'avoir fait de son mieux et d'être vraiment les responsables de leur victoire.

La cohésion du groupe est à son summum.

Jamais Célia n'avait ressenti quelque chose de si fort.

Dans cette grande joie, elle se sentit pousser des ailes, elle se leva de son siège, pour se mettre debout et regarder autour d'elle si elle retrouvait le visage de ce garçon qui quelques heures auparavant avait suscité en elle de grandes émotions.

Elle prit quelques minutes pour le retrouver, il était là, derrière, allongé sur la banquette du fond, elle ne percevait que ses jambes, mais elle était sûre que c'était lui, cette blancheur, si rare, cela ne pouvait être que lui.

Il finit par se relever, et en effet, elle ne s'était pas trompée. Son visage était rouge écarlate, l'intense effort qu'il avait fait sur le terrain lui avait laissé des marques.

Quand elle le vit, son sourire se décrocha de son visage, et elle fut figée encore une fois.

Le temps passa, et le bus était rentré bien trop vite à son goût, il était tant pour chacun d'entre eux de rentrer chez eux.

Margaux avait eu l'œil, elle vit le manège de Célia pendant tout le trajet.

À la sortie du bus, elle alla la trouver :

« Célia, tu es une gentille fille, Ulrick n'est pas bon pour toi, laisse tomber surtout, oublie ça tout de suite ! »

Célia attendit que Margaux termine de lui parler, et dès qu'elle fût éloignée, elle éclata en sanglots.

Elle se sentit humiliée et honteuse, de s'être fait repérer par Margaux, et en plus de voir que celle-ci pensait qu'elle n'avait aucune chance de plaire à Ulrick.

Ce soir-là, Célia pleura toute la nuit, elle qui avait commencé la journée avec des papillons dans le ventre et avait, pour la première fois de sa vie, ressenti de l'amour pour un garçon, la voici la nuit venue, le cœur brisé.

Elle n'osa en parler à personne, Chéryl se tordrait de rire, Margaux lui avait déjà dit le fond de sa pensée, et les autres filles du groupe la prendraient sûrement pour une folle.

Alors elle resta silencieuse, et essaya de son mieux de taire ses sentiments.

Les semaines passèrent et elle ne l'avait pas revu, ce beau garçon qui avait fait chavirer son cœur.

Mais voilà, une nouvelle rencontre sportive était prévue cet après-midi.

Son cœur battait la chamade, elle attendait le bus, et elle espérait au plus profond d'elle-même que l'équipe des cadets serait présente aussi.

Toute l'équipe des benjamines était là, elles parlaient comme à leur habitude, rigolaient, et s'amusaient... Célia elle, ne parlait plus, son cœur avait peur et espérait. Le verrait-elle aujourd'hui ? Elle guettait à droite et à gauche, en essayant de ne pas se faire remarquer.

Le bus était arrivé, elle monta, tous les sièges étaient vides, il n'y avait personne.

« Tu espérais voir quelqu'un en particulier, Célia ?

— Pourquoi tu lui dis ça, Margaux ?

— Pour rien, Chéryl, je vois juste qu'elle était très pressée de monter dans le bus ! Qu'elle se rassure, les cadets sont déjà au stade, ils ont pris un autre bus ! »

Célia ne savait plus où se mettre, cette annonce l'avait émoustillée, elle allait le revoir, elle était heureuse et apeurée en même temps.

Margaux semblait l'avoir démasqué, elle lui faisait sans cesse des allusions.

« Chéryl, c'est moi qui vais m'asseoir près de Célia aujourd'hui si ça te dérange pas, assieds-toi près de Tina, elle t'expliquera comment soigner ton look ! »

Quand Margaux parlait, tout le monde s'exécutait sans discuter, alors Chéryl partit s'asseoir près de Tina, mais elle lui dit de manière directe :

« Ne parle pas de mon look OK ? Il me va très bien, si vous avez envie de déguiser quelqu'un vous n'avez qu'à adopter un chat ! »

Toute l'équipe était pliée de rire, Chéryl avait un vrai don de comique.

Margaux s'assit près de Célia :

« Tu sais que mon frère, Mathis est dans la même classe qu'Ulrick ?

— Non je savais pas, je ne connais même pas ton frère en fait.

— Normal, car ce sont des 4e et ils ne traînent pas avec des 6e.

— Ah bon !

— Tu sais Célia, tu t'es amourachée du mauvais garçon là.

— Qui te dit que je suis amoureuse ?

— Je t'ai vue le regarder tout le trajet, je ne suis pas bête, tu es passée inaperçu aux yeux des autres mais je t'ai bien observée et tu ne pourras pas me duper !

— Je ne sais pas ce qui m'a pris, je l'ai regardé, mais je ne voulais pas, et depuis je pense à lui tout le temps.

— Tu as le béguin, tout simplement, il te plaît voilà tout !

— Comment faire pour ne plus y penser ?

— Ça passera, concentre-toi sur autre chose, pense à notre match, continue tes singeries avec Chéryl comme avant, et tu verras, il te sortira de la tête.

N'essaie pas de l'approcher, de lui parler, ou de lui dire que tu t'intéresses à lui, tu serais ridicule !

— Pourquoi ridicule ?

— Non mais tu t'es vue ? Tu viens à peine de lâcher ton pouce et tu voudrais être amoureuse d'un cadet !

— Il n'a que deux ans de plus que moi c'est tout !

— Eh bien c'est deux ans de trop ! tu n'es déjà pas arrivée à tes capacités pour ton propre âge, tu as l'air d'une gamine, grandis un peu, Ulrick n'a peut-être que 14 ans, mais dans sa tête il en a 17.

Et toi, tu as 12 ans bientôt, mais tu en as 10 dans ta tête.

C'est un grand, Célia, il ne joue pas lui, ce ne sont pas des enfants, tu veux qu'il fasse quoi avec toi, jouer à la poupée ? »

Les larmes de Célia se mirent à couler, toutes les filles comprirent que quelque chose n'allait pas, Célia était fâchée contre Margaux, elle la trouvait brutale dans ses propos et méchante.

Certes Célia savait qu'elle n'était qu'une petite fille encore, et qu'elle n'avait aucune expérience et qu'Ulrick était plus âgé et plus mûr, mais dans son cœur ce qu'elle ressentait ne pouvait se contenir.

Margaux semblait insinuer que Célia n'aurait aucune chance de plaire à Ulrick, et cela l'avait blessée plus que tout.

Margaux était très populaire dans le collège bien qu'elle soit en 6ᵉ, tous les garçons se retournaient sur elle, et même les 4ᵉ. Et puis elle, dans sa tête, avait plus que son âge, elle avait déjà eu des petits copains et certaines rumeurs qui couraient disaient qu'elle avait déjà été loin avec un garçon. Jusqu'à présent Célia ne s'en souciait pas, mais là tout à coup, elle se posait d'étranges questions.

Pourquoi Margaux, la rabaissait ainsi, était-ce vraiment pour la protéger comme elle semblait lui faire croire, ou désirait-elle tout simplement lui faire du mal, comme pour la renvoyer à sa place.

Célia fît ce que Margaux lui demandait, et resta à l'écart, elle ne regarda pas le groupe des garçons et réussit à ne pas croiser le regard de Ulrick. En même temps ses yeux n'avaient pas séché de tout l'après-midi, du coup elle n'avait absolument pas envie qu'on la voie ainsi.

Ce deuxième match ne se passa pas du tout comme le premier, Célia ne réussit pas à se mettre dans l'ambiance du groupe, elle fit mine de sentir mal pour que son entraîneur la laisse sur le banc de touche.

« C'est dommage, Célia, que tu te sentes pas bien, t'inquiète pas, la compétition est longue tu en auras d'autres », lui dit Étienne.

Les filles gagnèrent le match et se fût l'euphorie. Célia, elle, essayait de sourire pour dissimuler sa peine.

Dans le bus elle s'assit devant, sur le premier siège, seule, elle laissa le groupe derrière, s'amuser et chanter.

Arrivés dans leur ville, elle se dépêcha de descendre du bus et de rentrer chez elle, s'en jeter un seul regard derrière elle.

À son arrivée, elle salua sa famille, Monique préparait le repas, Arthur qui jouait depuis peu avec l'équipe des cadets n'était pas encore rentré, Frédérique faisait la sieste.

Elle prit un verre d'eau et s'assit à table près de sa mère.

« Eh bien Célia tu n'es pas bavarde aujourd'hui vous avez perdu ou quoi ?

— Si on a gagné, mais je n'ai pas pu jouer j'ai eu mal à la tête.

— Ah mince, tu veux du paracétamol ?

— Non c'est bon, mon entraîneur m'en a donné un il y a deux heures déjà.

— OK repose-toi, le repas est presque prêt, je vous appelle pour passer à table.

— OK, je vais me doucher ! »

À peine sortie de la douche, Chéryl passa la voir, et lui posa plein de questions.

Installées devant le petit portillon de la maison des voisins, Célia raconta toute l'histoire à sa meilleure amie.

« Je suis tombée amoureuse, oui je sais, moi, c'est fou, c'est bête ! J'y connais rien à l'amour, mais ça m'a pris d'un coup, mon corps s'est statufié, tout s'est effacé autour de lui, je ne voyais que son sourire, ses lèvres, pulpeuses et pelées, sèches et roses. »

Pendant que Célia lui racontait, Chéryl minait tout ce qu'elle disait, et s'esclaffait de rire à tous les trois mots.

« Son corps, je n'avais jamais vu le corps d'un garçon de cette façon, sa peau si blanche... ne me regarde pas comme ça, il était torse nu c'est tout !

Mais il était si beau, il semblait à peine à quelques centimètres de moi et j'avais l'impression de sentir son odeur. Le son de sa voix m'a fait frissonner et je me serais évanouie s'il avait posé son regard sur moi.

On aurait dit que le soleil ne brillait que pour lui.

— Ah bon, il te plaît ? Je le trouve moche, moi ! »

Le franc-parler de son amie la fit rire, elle ne se croyait pas à la hauteur de ce garçon et voici que Chéryl lui disait que c'était lui qui n'était pas assez bien pour elle !

« Il me plaît, je ne sais pas pourquoi, je ferme les yeux, et je le revois, mon cœur s'échauffe, je ressens des choses étranges, comme si je pouvais passer ma vie juste à l'imaginer !

— Tu vas faire quoi, tu vas lui dire ?

— Je ne sais pas, tu crois que je devrais ?

— Ben oui, si tu l'aimes, faut lui dire !

— Oui mais après ?

— Tu verras bien, dis-lui déjà...

— Margaux va être en colère, elle m'a dit de rien dire.

— C'est ta mère ou quoi ? »

Les deux jeunes filles se mirent à rire aux éclats.

Célia ne s'attendait pas à avoir le coup de foudre à 11 ans et plus le temps passait, plus elle était bien contrainte d'admettre que la situation ne s'arrangeait pas. Elle vivait chaque jour dans l'attente de le croiser, et la vie lui jouait une drôle de farce car autrefois elle ne le croisait jamais ce garçon et voici que maintenant elle le voyait partout.

C'était ainsi, c'est comme si elle sentait son odeur, qu'elle percevait sa présence, partout où elle allait, elle finissait par retrouver sa piste.

Elle était devenue son ombre, elle savait son emploi du temps, ses activités extrascolaires, elle avait cerné qui étaient ses fréquentations.

C'est ainsi que le lundi midi, elle s'était inscrite au cours de piscine, que le mercredi après-midi elle allait à la bibliothèque, et que chaque soir elle scrutait par sa fenêtre à partir de 18 heures dans l'espoir de le voir passer à vélo.

Son cœur battait la chamade à chaque fois que son regard faisait face au sien, son corps frémissait et c'était une dose d'adrénaline qui parcourait tout son corps, elle « carburait à sa vue » comme lui disait très souvent Chéryl.

Dans la bande tout le monde était maintenant au courant que la petite Célia était accro à Ulrick.

À force de voir que celle-ci ne faisait rien pour déclarer sa flamme, ou peut-être pour certaines, l'envie de la voir redescendre sur terre et cesser de rêvasser à lui, elles décidèrent sans l'accord de Célia d'aller parler à Ulrick et de lui faire savoir ses sentiments.

Célia était très choquée, ses amies avaient pris l'un de ses poèmes et l'avait donné à Ulrick.

Elle avait tout écrit : ses sentiments, elle lui disait qu'elle l'aimait éperdument, que son cœur n'avait jamais ressenti cela auparavant, qu'elle ne l'oublierait jamais.

Célia était morte de honte, elle le voyait lire son poème et le passait à ses amis, ils riaient tous.

Pour la première fois de sa vie, elle fut emplie d'orgueil, elle était mortifiée, mais elle ne voulait pas le laisser paraître, elle marcha droit devant elle, et alla devant lui.

« Rends-moi ça ! le regard dur et la tête haute.

— Eh c'est toi qui l'as écrit, j'ai rien demandé alors sois gentille, change de ton !

— Ça t'amuse de le refiler à tes potes et de rire de moi, c'est bon, tu peux le jeter, je m'en fous ! »

Célia se tourna sans montrer à quel point son cœur était brisé, elle rentra directement chez elle, et ce n'est qu'arrivée à l'intérieur de sa chambre qu'elle se lâcha et fondit en sanglots.

Elle ne voulut pas manger à table avec sa famille, elle resta dans sa chambre.

Arthur était venu la voir, il avait entendu parler de ce qui s'était passé dans la cour de l'école, il lui dit que tout le monde était au courant.

« Pourquoi tu ne m'as rien dit Célia, je suis ton frère, je t'aurais dit que tu n'avais aucune chance avec lui !

— Pourquoi ? Pourquoi ? Allez dis-moi pourquoi, j'aurais aucune chance avec lui, parce que je suis trop conne, trop bête, trop jeune, trop moche, pourquoi ? »

Célia était excédée, elle s'agitait dans sa chambre, elle se mit debout sur son lit, c'était un cri du cœur.

« Tu n'es pas bête, ni moche, c'est pas ça, tu l'intéresses pas c'est tout, tu es petite pour lui ! »

Célia pleurait à chaudes larmes, Arthur essayait de la consoler, mais il savait que quand Célia était lancée dans une chose eh bien elle ne s'arrêterait pas de sitôt et une crise de larmes avec Célia pouvait durer une nuit entière.

Le lendemain matin, Monique entra dans sa chambre, Célia dormait encore, mais elle s'assit au bord de son lit, et lui caressa les cheveux.

À peine Célia bougea le sourcil, que Monique se remit debout instantanément.

« Maman ? Qu'est-ce que tu fais la ?

— Je suis venue voir si tu allais mieux, Arthur nous a dit que tu ne te sentais pas bien, et que tu préférais te coucher ! Alors ça va mieux ?

— Oui et non, maman je peux rester à la maison aujourd'hui ? »

Monique en temps normal aurait dit non, mais elle avait perçu quelque chose de différent chez sa fille, il n'était pas question de paresse, ou de manque de sommeil. Elle le voyait, sa fille avait changé.

« OK, mais tu vas prendre ta douche et prendre ton petit déjeuner, et tu pourras revenir te coucher après, et tu m'ouvres cette fenêtre !

— D'accord maman ! Merci ! »

Célia était soulagée, elle n'avait pas envie de croiser Ulrick, ni aucun de ses amis, ni même ses propres amies.

Elle ne cessait de se demander : « Comment ont-elles pu m'humilier ainsi ? »

Il semblait quand une seule nuit tout avait changé, Célia avait mûri, et avait découvert la colère et la rancune.

Tout au long de la journée, Célia avait envie de raconter à sa mère ce qui s'était passé, elle avait besoin d'un regard extérieur.

Elle sentait que Monique était de bonne humeur et ouverte à la discussion, c'était un moment exceptionnel, rare, qu'elle avait envie de saisir.

Ainsi en début d'après-midi alors que sa maman venait de terminer sa vaisselle, elle alla lui parler et lui raconta tout ce qui s'était passé…

Monique ne dit rien et l'écouta jusqu'au bout.

« Alors maman qu'est-ce que je dois faire ?

— Je crois que tu es très jeune encore pour être sûre de tes sentiments, et apparemment ce garçon ne ressent pas la même chose, tu devrais laisser tout ça, et ne pas chercher à lui parler de nouveau !

Tes amies, quant à elles, ne méritent pas ta confiance et tu devrais t'éloigner d'elles.

Tu sais Célia, être amoureuse c'est dangereux, c'est donner à quelqu'un du pouvoir sur toi, la possibilité de t'anéantir, je ne te conseille pas d'aimer, tu vas souffrir.

— Mais maman, je l'aime, je pense à lui constamment, tout le temps, comment peut-on aimer à sens unique, pour moi ce n'est pas ça l'amour ! L'amour c'est se trouver l'un et l'autre. Je l'ai trouvé, il suffit peut-être d'attendre qu'il me trouve aussi.

— Je ne sais pas, Célia, mais je peux te dire que quand on est fait l'un pour l'autre, c'est écrit, vous vous retrouverez, mais pour l'instant je ne veux pas te voir lui tourner autour, tu es bien trop jeune pour tout ça ! »

Le temps passa doucement, Célia essaya de suivre le conseil de sa mère « ne plus s'approcher d'Ulrick et de ne plus dévoiler ses sentiments à ses amies. »

Elle se mit à jouer un rôle, à rire et à sourire et à dire ce qu'on attendait d'elle.

Elle arrêta de se rendre à la bibliothèque, et avait cessé de le suivre.

Eh bien qu'elle sentait toujours sa présence, et qu'elle le voyait dans son radar interne, elle feignait de n'avoir rien vu.

L'année scolaire passa ainsi, dans un jeu de rôle bien loin de la réalité.

Et il y eut ce moment, magique, cet instant qu'elle n'attendait pas, qu'elle n'espérait pas, à la fin de l'année, le bal du collège.

Le principal avait organisé cet événement pour féliciter les joueurs de l'équipe de handball qui avaient remporté la victoire aux intersports entre collèges et qui par ailleurs avaient remporté le titre de champion de l'île de la Réunion chez les cadets et les juniors.

Célia sentait son cœur palpiter en ce beau vendredi après-midi quand elle pénétra dans la salle de permanence agencée en piste de danse pour l'occasion. Elle avait mis une robe rouge à paillettes destinée à la célébration du jour de Noël qui allait avoir lieu dans une semaine.

Elle s'était fait une queue dans les cheveux et les avait attachés avec un joli ruban blanc, sa belle chevelure bouclée, si longue, était légère et rebondissante, elle ne s'était pas maquillée de peur des jugements, car elle n'en avait pas l'habitude.

Sa robe laissait apparaître ses longues jambes fines et fuselées, dont la peau était si pâle tellement elle ne les mettait que très rarement en valeur.

Elle était gênée de se présenter ainsi devant tout le monde, et avait l'impression qu'à ce moment-là, elle faisait irruption sur une scène, et que les projecteurs seraient braqués sur elle.

Son regard dirigé vers le sol, elle avançait tout doucement de peur de se prendre les pieds dans les fils de la sono.

Elle avança, en espérant rencontrer un mur où elle pourrait se mettre telle une tapisserie le temps que la fête se passe. Et sans rien y comprendre, elle heurta quelqu'un, elle sentit son corps s'entrechoquer contre le corps d'un autre, elle ferma les yeux par réflexe, et son cœur trembla, elle n'osait plus les ouvrir, l'impact lui parut long, mais ce ne fût qu'une seconde.

Les yeux fermés, elle perçut cette odeur, ce doux parfum, elle faillit s'évanouir, et sentit une étreinte. Des mains chaudes s'étaient posées en dessous de ses coudes et la retenaient, elle commença à ouvrir les yeux, et la blancheur de ce teint la fit tressaillir en avant, elle s'était bien malgré elle, projetée dans les bras de celui qu'elle aimait ! C'était Ulrick ! Elle l'avait compris, et ne savait plus comment faire. Il fallait pour le moment continuer de s'évanouir pour ne pas être ridicule, et il ne fallait surtout pas ouvrir les yeux car elle voulait que cela dure encore, elle se sentait si bien, blottie contre lui. Ses larmes commencèrent à couler de ses joues.

« Eh, ma jolie, ça va ? » lui murmura-t-il à l'oreille.

Célia ressentit une vibration dans son corps entier la parcourir et finir sa course en plein dans son cœur.

Elle le savait à cet instant, cet homme, c'était l'amour de sa vie.

Elle se redressa, mais elle ne le lâcha pas, Ulrick comprit que la jeune fille ne voulait plus sortir de ses bras, alors il commença à danser avec elle, sous les yeux de tous, ils étaient au centre de la piste.

Il n'y avait que le son de la musique et de leurs étreintes, le temps s'était comme suspendu et tous les regardaient.

Célia n'osait pas relever sa tête, elle laissait son visage reposer sur son torse, ses larmes imbibaient les vêtements d'Ulrick, elle humait son odeur.

Elle palpait ses bras, timidement, discrètement, en exerçant de petites pressions.

Durant ces quelques minutes, elle était la jeune fille la plus heureuse du monde.

Charlotte, une fille de la classe d'Ulrick arriva, et prit les mains de Célia : « C'est bon maintenant, je vais m'occuper d'elle ».

Célia ne comprit rien, elle serait restée des heures avec lui et voilà que cette fille arrivait et l'enlevait des bras de son amoureux.

Charlotte la conduisit dans les toilettes.

« Alors toi, tu as du culot, faire mine de tomber dans les pommes et comme par hasard juste devant Ulrick, quelle coïncidence !

— Je ne l'ai pas fait exprès !

— Tu sais c'est ton problème, j'ai juste essayé de te sortir la tête de l'eau avant que tu t'enfonces !

— Comment ça ?

— Ma pauvre chérie, mais il en a rien à faire de toi, c'était une torture pour lui, il arrêtait pas de nous faire des signes pour qu'on vienne l'aider à te retirer, tu étais comme une méduse !

Vraiment, arrête de t'humilier, après cette histoire de lettre il y a quelques mois, on croyait que tu avais lâché l'affaire. »

Célia n'osa plus répondre, son cœur était brisé encore une fois, mais cette fois-ci, elle ne réussit pas à contenir ses larmes, elle se précipita en courant, sortit du collège et rentra chez elle.

Au loin, Chéryl avait tout vu de la scène.

À la fin de l'après-midi, Chéryl était venue chez Célia pour prendre de ses nouvelles.

« Qu'est-ce que tu me veux ? Ma mère t'a laissé rentrer ?

— Oui je lui ai dit que je voulais te parler, que c'était important !

— Oui, eh bien qu'est-ce que tu veux me dire, que vous aviez raison et que je ne suis qu'une imbécile, c'est bon, j'ai compris !

— Célia, c'est pas ce que je pense de toi, je te trouve très courageuse en fait, j'ai bien vu tous tes efforts ces derniers mois, pour essayer de cacher tes sentiments. Mais je suis ton amie, je le sais que tu es vraiment accro à lui !

— Ah bon, tu es mon amie, c'est pour ça que tu es allée donner mon poème à Ulrick ?

— Mais ce n'est pas moi, quand même, je t'aurais jamais fait ça ! C'est Margaux et Tina qui ont décidé de faire ça, elle voulait que tu laisses tomber, et pour elles le meilleur moyen c'était que tu affrontes Ulrick, et que tu te rendes compte qu'il ne t'aime pas !

Tu sais, elles ne l'ont pas fait méchamment.

— Ah ouais, car m'humilier devant tout le monde c'était pas méchant peut-être !

— En vérité c'est Ulrick qui est le fautif, quand Margaux lui a tendu le poème, il ne l'a même pas lu, il l'a donné directement à Xavier, qui l'a lu, et l'a passé à ses potes, ainsi de suite. Margaux elle, pensait qu'Ulrick l'aurait lu plus tard !

— Ah je dois donc vous remercier, d'avoir été la risée du collège c'est trois derniers mois, ben merci beaucoup ! Tu peux me laisser maintenant !

— Non je ne partirais pas, la dernière fois, je n'étais pas là pour te soutenir car je ne savais pas comment t'expliquer tout ça, j'avais honte de n'avoir pas su te protéger. Aujourd'hui je ne pars pas, je reste !

— Alors ferme la porte et éteins la lumière ! »

Célia et Chéryl se blottirent l'une contre l'autre, et Célia pleura, pendant que son amie lui séchait les yeux à chaque fois.

« Je suis désolée !

— Dis, j'avais l'air ridicule ?

— Non pas ridicule, il y a eu même des moments très touchants, mais à l'instant où vous avez commencé à danser, et que tu t'es mise à pleurer c'était bizarre !

— Comment vais-je oser revenir au collège ?

— Ah, t'inquiète pas, après ton départ, on a eu droit, à toutes sortes de choses, il y a eu un karaoké, une battle, et des boulimiques se sont vautrés sur les gâteaux, alors tu seras vite oubliée !

— Merci Chéryl d'être venue !

— Pardon Célia, j'aurais dû venir avant ! »

Avant que la nuit ne tombe, Chéryl était rentrée chez elle. Célia, dans sa chambre se repassait en boucle dans sa tête tout ce qu'elle vivait, elle regrettait de n'avoir pas eu les yeux ouverts, pour se voir dans ses yeux, pour voir ses lèvres.

Son visage avait été si proche du sien, elle s'imaginait, et si elle avait osé lui voler un baiser, et si elle avait osé lui dire qu'elle l'aimait, bien plus que ce qu'elle avait jusqu'ici pensé.

Elle se demandait comment Ulrick avait ressenti les choses, avait-il senti le poids de son corps, lors de sa chute, ou avait-il lui aussi humé le parfum de sa peau et de ses cheveux ?

Était-il lui aussi resté suspendu dans le temps ? Célia savait désormais qu'il lui serait impossible de cacher ses sentiments, et elle n'en avait plus envie.

Elle désirait se battre pour lui montrer qu'ils étaient faits l'un pour l'autre, elle était résolue à le courtiser, et puisqu'elle avait déjà survécu deux fois à l'humiliation, eh bien elle n'avait plus rien à craindre.

Elle s'était mise au défi de lui crier son amour, et cela dans toute les langues et toutes les occasions.

Quand il passait près d'elle, elle chantait du Céline Dion : « Il pense à moi, je le vois, je le sens je le sais... » et il se retournait toujours... un sourire de lui et Célia passait la plus belle journée à chaque fois.

Elle parlait de lui constamment et avait repris l'écriture de poèmes, qu'elle glissait elle-même dans son sac lors des récréations.

Célia se montrait ingénieuse et déterminée, amoureuse comme jamais, comme nul ne l'avait été dans ce collège ! Elle se disait que son histoire d'amour marquerait les esprits à jamais.

Personne n'était épargné, ils connaissaient tous ses sentiments, elle taguait même les murs, et un jour dans un élan de folie, elle cria en sortant du bus : « Ulrick je t'aime », et elle s'esclaffa de rire.

Ce jour-là, elle se fit remonter les bretelles par Margaux, mais Célia s'en fichait, elle assumait. Désormais elle le savait, Ulrick était l'homme de sa vie, son prince, son amour, son âme sœur et il ne pouvait en être autrement, il finirait par l'aimer, à l'usure certainement, mais oui il serait à elle !

Deux ans sont passés ainsi, et Ulrick était désormais au lycée et ne rentrait que les week-ends, en semaine il dormait à l'internat.

Célia en avait un peu assez, et était épuisée, elle avait déjà plusieurs fois envoyé ses copines lui parler pour lui demander s'il ne voulait pas sortir avec elle, et jusqu'ici il avait répondu non.

Un jour, en rentrant d'une sortie scolaire, elle le vit sous une terrasse d'une boulangerie, et elle ne put s'empêcher, d'un pas décidé, de se rendre à sa table.

Il avait dans sa main un mille-feuille et allait le porter à sa bouche, Célia saisit sa main, et lui dit : « Je t'aime mais j'en ai assez, c'est la dernière fois que je t'embête, mais avant je veux juste te faire la bise ». Elle éloigna son gâteau de lui, et se pencha pour l'embrasser sur la joue.

Elle vit sa peau toute blanche, devenir rose, elle le regarda et lui dit « Adieu » et elle partit !

Son cœur était clair, elle l'aimait oui, mais elle allait cesser sa chasse.

Ulrick la regarda, il vit repartir ce petit bout de femme sûre d'elle.

Quelques semaines plus tard, enfin, c'était la fin de l'année scolaire, Célia alla regarder les résultats du brevet du collège et elle était heureuse, elle l'avait obtenu.

En rentrant chez elle, une voix masculine au loin l'appela : « Célia », elle se retourna et vit que c'était Ulrick sur son vélo bleu. Elle n'en revenait pas, en quatre ans c'était la toute première fois qu'elle l'entendait prononcer son prénom !

« Salut, félicitations, j'ai appris que tu as eu ton brevet.

— Merci, mais dis-moi, depuis quand tu te préoccupes de ce qui peut se passer dans ma vie ?

— Détrompe-toi, je m'intéresse à ta vie.

— Ah bon, ben j'avais pas l'impression !

— Je voulais te demander si tu étais d'accord de m'accompagner au cinéma ?

— Tu plaisantes ? C'est une farce ? Où sont les caméras ?

— Non je ne plaisante pas !

— Eh bien, attends-moi samedi, tu verras bien si je viens !

— OK, je t'attendrai ! »

Célia n'en revenait pas, il était venu la voir, pour l'inviter, et le plus étonnant, elle restait stoïque, détachée.

Elle ne savait même pas si elle irait à son rendez-vous, tellement elle était choquée !

Et puis elle n'avait pas l'habitude de sortir le soir, elle ne savait pas si sa mère accepterait qu'elle y aille.

Elle se posait mille questions, comment se faisait-il qu'Ulrick vînt vers elle maintenant ?

Après avoir passé plusieurs jours à convaincre sa mère de la laisser sortir, Célia avait eu l'autorisation d'aller au cinéma avec Chéryl et la bande.

Bien évidemment elle ne dit pas à Monique qu'elle allait y retrouver Ulrick.

Célia n'avait de cesse de se poser des questions, comment se faisait-il que ce garçon qu'elle avait pourchassé et qui semblait n'avoir rien à faire d'elle, tout à coup l'invitait au cinéma ?

Le film allait bientôt commencer, elle le voyait dans la petite salle communale, tout au fond, le trac l'envahit, elle prit peur et si c'était un piège et s'il voulait l'humilier encore ?

Alors qu'elle allait renoncer et rebrousser chemin, Ulrick se leva et lui tendit la main.

Elle était là assise près de lui, elle n'en revenait pas, mais elle se contrôlait elle ne voulait pas paraître comme une dingue.

Elle se donnait un air détaché et regardait dans une autre direction que lui, elle ne regarda presque pas le film, elle était incapable de se concentrer sur quoi que ce soit, elle ne pensait qu'à lui mais tentait de dissimuler ses émotions.

Tout à coup, il prit sa main, et là Célia ne put se retenir…

« Excuse-moi, mais je comprends pas à quoi tu joues, quatre ans que je suis à fond sur toi, combien de fois tu m'as fait comprendre que je ne te plaisais pas et là tu m'invites, tu me prends la main, qu'est-ce que tu veux ?

— Euh, oui, c'est sûr ça paraît compliqué, mais avant je n'avais aucune envie d'avoir une copine, et puis tu étais différente, tu as changé, tu n'es plus une petite fille maintenant, et tu me plais, alors tu comptes me faire payer le passé, ou j'ai encore ma chance avec toi ?

— Oui, tu as encore ta chance avec moi !

— Alors tu acceptes d'être ma petite amie ?

— Oui ! »

Ulrick prit sa main à nouveau et lui sourit, le cœur de Célia cessa de battre, tout était devenu lent autour d'elle, elle venait d'obtenir ce qu'elle avait ardemment désiré, et là, son corps entier se figeait, elle était heureuse mais perdue.

En venant ce soir au cinéma le voir, elle s'imaginait l'incendier d'insultes, le remettre à sa place, car après toutes ces années elle avait un peu de rancune.

Et là, finalement, elle se retrouvait près de lui, sa main dans la sienne. Son cœur reprit à toute vitesse, elle avait peur qu'Ulrick le perçoive ou le sente à travers sa peau que son rythme cardiaque s'était enflammé. L'amour en elle renaissait de ses cendres fumantes.

Toute la soirée fût délicieuse, mais Célia n'avait pas retrouvé ses esprits, elle n'avait jamais connu ce cas de figure, elle ne s'était pas projetée dans tout cela, elle ne savait pas comment réagir, quoi faire.

Elle aurait aimé parler à Chéryl, Margaux, Tina ou même sa mère, pour savoir quelle conduite tenir.

Elle n'osait rien, elle attendait tout de lui.

Elle était redevenue une jeune fille perdue, hésitante. Ulrick prit les choses en main et lui demanda si elle voulait se balader dans le quartier, elle ne sut pas dire non, alors ils marchèrent ensemble suivis de près par Aurore et Julien un jeune couple eux aussi.

Son cœur palpitait toujours, elle n'arrivait pas à profiter pleinement et simplement, elle était tourmentée, elle avait très envie de rester avec lui mais elle savait qu'elle avait enfreint les consignes de sa mère.

« Ulrick, je dois rentrer, ça fait déjà une heure que j'aurais dû être chez moi !

— OK, tu veux que je t'accompagne devant chez toi ?

— Non, ça va aller, merci, mais ma mère doit sûrement être devant la porte.

— Bon ben je te dis au revoir ici alors. »

Ils étaient sous une lanterne, à l'intersection de leur collège, à nouveau elle était blottie dans ses bras et humait son parfum.

Délicatement, il releva son menton et il déposa ses lèvres sur les siennes.

À cet instant, c'était concret, elle était enfin à lui, et lui à elle.

Elle aurait dû savourer l'instant, mais c'était son premier baiser et elle avait peur, mille questions se bousculaient dans sa tête.

« Bonne nuit ! »

Elle était restée silencieuse, mais elle lui sourit, et partit très vite chez elle !

La lumière était allumée et elle voyait Monique, furieuse faire les cent pas.

« Où tu étais ? Viens là ! »

À peine avait-elle franchi l'entrée que sa mère lui sauta dessus, à coup de gifles.

Célia ne bougea pas, elle essaya juste de se dissimuler de l'entrée de la maison afin que personne à l'extérieur ne puisse la voir.

Elle savait très bien qu'elle allait se prendre une raclée, bien méritée.

« Tu étais où ? Et ne me raconte pas de mensonges, cela fait longtemps que les autres sont descendus, tu étais avec qui ? »

Elle aurait voulu lui cacher la vérité mais rien ne lui venait à l'esprit.

Pourquoi son premier jour de bonheur amoureux allait se finir ainsi dans le chaos ?

« J'étais avec Ulrick, on a fait que parler ! »

Monique s'immobilisa, ses bras retombèrent.

Elle ne dit rien et se dirigea vers sa chambre, cela ne présageait rien de bon.

Célia avait très peur, avec sa mère une scène banale du quotidien pouvait se transformer en mythologie grecque.

Elle partit vite dans sa chambre, et se mit au lit, elle guettait le moindre bruit, elle avait peur d'entendre sa mère revenir à la charge.

Au bout d'une trentaine de minutes elle finit par se détendre et commença à ressasser chaque seconde qu'elle avait partagée avec son amoureux.

Elle était heureuse, pleine d'espoir.

Le lendemain matin alors qu'elle était plongée dans un sommeil limite comateux, Monique entra dans sa chambre et la réveilla.

« Allez, tu te lèves, il y a plein de choses à faire ici, tu crois quoi, tu t'es crue à l'hôtel, c'est fini la vie de princesse je vais te faire redescendre de ton nuage moi ! »

Célia se leva et elle comprit que désormais la hache de guerre avait été déterrée et qu'elle n'y pourrait rien, son assaillant aurait le dessus sur elle.

Elle avait mal au cœur, car depuis deux ans avec sa maman les choses s'étaient apaisées, elles renouaient peu à peu leur lien.

Frédéric, son père se faisait très discret dans la maison, ainsi qu'Arthur, tous deux savaient qu'entre l'arbre et l'écorce il ne faut point mettre le doigt, Cicéron avait raison !

Frédéric ne pouvait de toute façon pas s'interposer, son passé avec Monique faisait qu'il partait perdant à la moindre bataille. Son couple battait de l'aile depuis des années, et bien qu'il souffrait de sentir sa fille dans cette difficile posture il ne bougerait pas un muscle de sa bouche excepté peut-être celui de son cœur.

Arthur lui était mitigé se sentant trahi par sa sœur de ne pas avoir été dans la confidence et de toute façon si Célia lui aurait parlé, il aurait été contre car pour lui sa sœur était bien trop jeune, bien trop naïve et certainement bien trop petite pour pouvoir être la petite amie de quelqu'un.

Par ailleurs il n'avait aucune confiance en Ulrick et bien qu'il n'ait rien dit autrefois, il n'acceptait pas ce revirement de comportement de sa part.

Tout cela lui semblait louche. Certes, il observait depuis quelque temps les changements chez Célia, cette soudaine confiance en elle, son pas assuré, sa cambrure, sa taille fine et ses hanches dessinées, ses tenues devenues tout à coup à la mode et tendance, ce corps de jeune femme qui la rendaient si différente de la petite Célia qu'il avait tant connue et aimée.

Il était difficile pour le frère ainsi que pour la sœur de refaire le pont imaginaire de leurs jeux d'enfants, ils avaient tant évolué.

Célia elle, n'appréciait pas de se retrouver face à ce jeune homme toujours à la modérer, à lui interdire, qui n'était plus capable de compatir et de la suivre dans ses fantaisies.

Arthur voulait avoir de l'ascendant sur elle, et cela Célia ne l'acceptait pas, elle voulait être son égale et avoir les mêmes droits que lui.

La seule à n'avoir rien changé et qui restait exactement comme elle se l'était imaginé était Monique. Ils le savaient tous que cela allait devenir très compliqué.

Cette amourette marquait un changement brutal dans la vie de chacun et Monique en fit l'étendard de sa colère.

Ils ignoraient tous que Célia, elle, était rentrée la veille avec quelque chose dans le cœur qu'ils ne pourraient jamais anéantir : l'amour.

Autrefois, elle aimait seule et sans retour, et se demandait bien souvent si tout ce qu'elle ressentait, elle ne l'avait pas inventé, exagéré, sublimé.

Or, cette fois, elle s'était vue dans les yeux de celui qu'elle aimait, il l'avait enlacée, lui avait pris la main, caressé la joue, et l'avait embrassée.

La colère de Monique ne serait jamais assez forte pour le lui faire oublier.

Après tout ce temps à l'avoir attendu, nul ne pourrait l'empêcher de le savourer cet instant !

L'ambiance à la maison était électrique, les lignes imaginaires avaient de nouveau été tracées et la liste des corvées n'en finissait pas de s'étendre pour Célia.

Les vacances ne furent pas de tout repos, Monique refusait qu'elle aille voir Ulrick.

Célia pleurait des heures.

Elle envoyait Arthur parler à Ulrick, et lui donner des mots doux.

Au fil du temps, le cœur de Monique finit par s'attendrir, la tristesse de Célia était transcendante, elle donna alors à Célia l'autorisation de se rendre une heure chaque semaine sous le kiosque qui était à l'angle de la rue.

Le dimanche après-midi, elle allait le rejoindre, elle osait à peine l'embrasser, très timide et réservée. Et ils se posaient mille questions à chaque fois. Ils se découvraient peu à peu.

La situation était néanmoins pesante, Ulrick faisait comprendre à Célia qu'il aimerait bien qu'ils se voient autrement, ailleurs, et ne pas sentir le regard de sa mère qui passait son temps à les épier par la fenêtre.

Célia eut l'idée de dire à sa mère qu'il fallait absolument qu'elle aille chaque samedi après-midi à la bibliothèque car elle avait un exposé très important à présenter.

C'est ainsi que chaque samedi après-midi, au lieu d'être à l'intérieur de la bibliothèque, elle était à l'arrière du bâtiment dans les bras d'Ulrick.

Les premiers frissons, les baisers langoureux, les papillons dans le ventre.

Les douces caresses, et l'appel de sa peau.

En quelques mois, ce n'était plus possible, l'arrière du bâtiment ne pouvait suffire, étant vis-à-vis de pleins de lotissements.

Cela faisait un moment que quelque chose se passait, qu'à chaque fois qu'ils se voyaient une décharge électrique jaillissait entre eux, une étincelle, un feu les animait.

La fougue de la passion naissait, leurs cœurs s'étaient attachés, mais leurs corps se désiraient aussi.

Célia était désormais au lycée, elle était heureuse et épanouie, son petit couple était parfait.

Leurs liens étaient forts, même si Célia avait du mal à se lâcher entièrement ayant toujours peur de commettre le moindre faux pas, elle était comblée par l'affection qu'Ulrick lui manifestait.

Ulrick tout comme elle, avait beaucoup de mal à verbaliser, mais ses étreintes et ses baisers suffisaient à la rassurer.

Célia aimait tellement son odeur, dès qu'elle respirait sa peau, elle était comme transportée.

Cela l'hypnotisait totalement.

Ulrick pouvait tout lui demander, elle était sous son emprise totale, amoureuse et dévouée.

Célia et Ulrick s'aimaient, ils se désiraient chaque jour davantage.

La mère de Célia aurait voulu la contrôler pour empêcher le moindre dérapage, c'est pour cela qu'elle tentait de restreindre les sorties de sa fille.

Monique était ainsi, elle avait besoin de contrôler tout ce qui l'entourait, elle avait réussi à contenir son époux, à le rendre docile. En effet, Frédéric ne sortait plus sans elle, il ne laissait aucun doute planer sur une éventuelle aventure, il avait fermé la porte à toute suspicion, Monique désormais n'avait plus rien à craindre.

Il était là présent et fidèle et faisait le maximum pour sortir son couple de sa sclérose.

Malgré tout cela, Monique restait tout de même sur ses gardes, et ne relâchait aucune pression.

Au contraire elle redoublait d'efforts à faire de sorte que tout soit selon ses désirs.

Quelquefois pour contrôler une chose, il faut la laisser libre.

Monique avait tellement bridé sa fille, qu'elle en avait assez, et que dès l'instant où sa mère perdait l'emprise sur elle, elle n'avait plus aucun blocage.

Le désir l'emportait sur toute chose.

Un matin comme Célia n'avait pas cours, Ulrick la rejoignit près de son lycée. Tous les deux s'éloignèrent main dans la main, pas très loin il y avait une petite crique, et le cœur tremblant, face au ciel et à la mer, ils s'enlacèrent, nus, l'un contre l'autre.

Leur première fois à tous les deux, dans l'inconfort des herbes hautes, et des potentielles fourmis.

Face à l'océan déchaîné, et ses vagues fracassantes sur le rebord du cap à quelques mètres à peine d'eux.

Ils pouvaient sentir l'odeur iodée, et les gouttelettes infimes rafraîchir leurs joues.

Pour l'heure, aucun des deux ne se posait la question sur leur petit rebord de falaise du moindre danger, l'un et l'autre habité par leurs propres peurs.

Célia ne s'était jamais montrée nue, elle avait peur d'avoir mal et Ulrick craignait de ne pas savoir s'y prendre et de ne pas être à la hauteur.

Finalement, ils ne purent aller jusqu'au bout. Ulrick, intimidé, Célia pas assez en confiance.

Ils reprirent le chemin du lycée, très gênés l'un et l'autre.

Ulrick semblait vraiment se sentir responsable de ce qui semblait pour lui un échec.

Célia quelque part était soulagée, cette première tentative était plus qu'inconfortable.

Les jours qui suivirent montrèrent à Célia combien la fierté d'un homme même très jeune pouvait être disproportionnée.

Ulrick avait très honte de ce qui s'était produit et refusait de la revoir.

Célia ne comprenait pas, ils n'étaient pas allés jusqu'au bout, mais pour elle ils avaient tout de même été l'un avec l'autre.

Quelques jours plus tard, Ulrick vint la voir, et lui dit.

« Je suis désolé, c'était humiliant pour moi, mais je vais me rattraper, viens cette après-midi mes parents ne sont pas là. »

Célia avait le cœur qui palpitait, c'était déjà gênant en pleine nature mais là chez ses parents qui pouvaient revenir à tout moment, Célia avait très peur.

Arrivés chez lui, il avait allumé des bougies dans sa chambre et avait déposé son matelas une place par terre, ils se posèrent l'un contre l'autre, Célia avait tout son corps entier qui tremblait, elle avait peur, peur d'être prise au piège dans cette maison si les parents d'Ulrick arrivaient, peur que sa mère l'apprenne… peur aussi qu'Ulrick soit encore au-dessus d'elle.

« Ça va, ça n'a pas été trop douloureux ? »

Célia n'osait pas lui répondre, elle lui sourit, mais elle n'avait qu'une hâte, rentrer chez elle !

Ulrick la raccompagna jusqu'au coin de la rue près du kiosque.

Célia, avait du mal à réguler son souffle, elle voulait rentrer mais avait l'impression que si sa mère voyait son visage, elle comprendrait immédiatement ce qu'elle venait de faire.

Elle aimait Ulrick, elle ne regrettait pas de lui avoir offert sa virginité, mais elle ne pensait pas avoir si mal, et se sentir si différente après.

Elle n'était plus la même, elle le savait, et pour elle c'était certain, sa mère s'en apercevrait elle aussi.

Dès son arrivée, elle partit prendre sa douche et remarqua que ses sous-vêtements étaient tachés de sang. Célia était en panique, sa mère le verrait, c'est sûr ! Elle décida de jeter sa culotte à la poubelle.

Il fallut au moins une heure pour réussir à parvenir à son but.

Ceci fait, elle commença à respirer, elle s'était lavée, et elle se disait que l'odeur d'Ulrick était partie.

Elle était affamée, elle se servit deux fois du carry de poulet.

Néanmoins elle ne s'éternisa pas dans la cuisine, car sa mère reviendrait vite. Elle partit directement se coucher, et en passant devant la porte de la chambre d'Arthur elle lui dit : « Je vais dormir, dis bonne nuit à tout le monde pour moi ! »

Arthur ne la regarda même pas, il avait la tête dans ses bouquins : « OK ! »

L'amour peut braver tous les interdits, il ne se cache pas, il transparaît et transperce les murs des prisons.

C'était ainsi qu'il le ressentait, Ulrick lui aussi, bravait les interdits, ses parents attendaient de lui qu'il soit le meilleur de sa classe, et ces derniers mois, depuis qu'il fréquentait Célia et surtout depuis qu'il séchait les cours pour venir la voir devant son lycée, ses résultats scolaires avaient chuté.

Les parents d'Ulrick le surveillaient de près.

Célia ne cessait de trouver toutes sortes de prétextes pour sortir et le retrouver.

Monique n'était pas dupe, et même si elle ne voulait pas le reconnaître, elle commençait à donner du leste à Célia.

Les deux tourtereaux, eux, avaient découvert tous les recoins de la ville, chaque nid d'amour possible exploitable.

Ils étaient ensemble devenus de vrais experts, il n'était plus question de la peur de leurs débuts, ils se lâchaient l'un l'autre chaque jour un peu plus.

Ils étaient devenus un couple charnel, épris de désir.

Les amies de Célia qu'elle fréquentait peu désormais étaient stupéfaites de voir le changement, mais bien forcées de constater qu'elle était resplendissante de bonheur.

Cela faisait presque deux ans qu'ils parcouraient la ville, et inventaient toutes sortes de stratagèmes pour se voir.

À force peu à peu, le couple commença à s'essouffler.

Célia avait 17 ans et Ulrick venait tout juste d'avoir 20 ans.

Ulrick reprochait à Célia d'être « le toutou à sa maman », il lui disait : « Tu n'es pas sa fille, mais son chien, elle te tient en laisse et dès qu'elle te siffle tu rappliques ! »

Ces propos étaient durs et cruels pour Célia, elle qui faisait tant d'efforts.

Elle qui s'était pris plusieurs fois des raclées juste pour pouvoir passer un peu de temps avec lui.

Tout cela Ulrick l'ignorait, Célia ne voulait pas qu'il déteste sa mère davantage.

Frédéric lui, ne disait rien, et pourtant très souvent il passait en voiture et croisait sa fille en compagnie d'Ulrick alors qu'elle aurait dû être ailleurs.

Il avait bien compris le manège de sa fille et puis qui était-il pour essayer de la raisonner après tout le désordre qu'il avait mis dans la famille.

Et surtout au fond, il comprenait parfaitement sa fille, elle était jeune et découvrait l'amour, il était naturel qu'elle passe par là.

Peu à peu, Monique apprit que Célia avait eu des rapports avec Ulrick.

Célia se fit traiter de tous les noms et aux yeux de sa mère elle semblait désormais être une fille de mauvaise vie.

Monique la menaça : « Tu n'as pas intérêt à tomber enceinte ! »

Frédéric ne disait rien, devant les insultes que sa femme proférait à sa fille.

Célia le regardait du coin de l'œil, son cœur de jeune femme avait honte d'être traité ainsi devant son père et son cœur de fille était triste de voir que le premier homme de sa vie ne tentait rien pour elle.

Célia avait beaucoup de mal à faire face à tout ça, et toutes ces ondes négatives l'empêchaient d'être épanouie dans son couple.

Chaque moment qu'elle passait avec Ulrick, elle entendait résonner dans sa tête les propos de sa mère :

« Tu n'es qu'une Marie-couche-toi-là, une putain ! »

Ces mots étaient d'une violence, elle n'osait pas les répéter, elle avait si honte.

Elle avait tenté de raisonner sa mère.

« Il m'aime, on a rien fait de mal, on s'est protégé.

— S'il t'aimait vraiment, il serait venu se présenter devant moi comme un homme.

Il aurait fait les choses comme il faut, il ne t'aurait pas déshonorée ! »

Célia ne la croyait pas, elle savait qu'à aucun moment Ulrick n'avait cherché à lui faire du tort, il ne profitait pas d'elle, leur relation était solide, ils s'étaient laissés aller l'un et l'autre par amour, et toute leur escapade n'en était que la manifestation.

Il n'avait pas eu le choix, si Ulrick ne s'est jamais présenté à sa mère, c'était tout simplement qu'il savait bien que la mère de Célia était contre leur relation.

Célia essaya de s'en persuader, mais sournoisement le doute s'immisçait.

À chacune de leur rencontre, Ulrick évinçait ses questions et cherchait à se rapprocher d'elle physiquement, il n'était pas très bavard mais bien plus expressif corporellement.

Tout cela commençait à inquiéter Célia, depuis le début les deux tourtereaux avaient utilisé leur corps pour s'apprivoiser, leurs sens avaient été mis à contribution. Dans la parole, ils avaient beaucoup plus de mal à s'accorder. Les deux amants savaient communiquer dans l'intimité de leur souffle, de leurs caresses, ils étaient une combinaison parfaite, mais dès lors qu'il s'agissait de mettre des mots ils avaient beaucoup de mal, et avaient tendance à vouloir prendre le dessus l'un sur l'autre.

Célia faisait la dure, elle ne voulait jamais reconnaître ses sentiments plus que débordants, et faisait mine d'être hors d'atteinte.

Les quatre années à lui courir après l'avait endurcie, elle avait toujours aussi peur de perdre la face.

Ulrick était pareil.

« Avoue-le que tu m'aimes ?

— Tu rêves, j'aime les chats, les chiens, le ciel, les nuages mais toi je ne sais pas !

— Arrête de faire la fière, je sais que tu m'aimes !

— Et toi ? Tu m'aimes ?

— Je ne sais pas, je ne pense pas, j'ai dû me cogner la tête dans un mur et j'ai perdu le nord, je ne sais pas pourquoi je suis là en fait ! »

Il se comportait comme chien et chat, toujours à souffler le chaud et le froid, c'était très compliqué de les comprendre et en public c'était pire, ils étaient très pudiques et ne s'affichaient pas.

Célia en souffrait et depuis sa dispute avec sa mère et ses insinuations tout cela éveillait en elle des suspicions !

Et ce petit jeu au début insignifiant, ce petit quizz débile, de se demander l'un l'autre la sincérité de leur amour prenait une autre forme. Hélas, ils ne cessaient de se perdre dans leur dualité, le seul moment où ils arrivaient à s'accorder et où vraiment l'on sentait l'ardeur de leurs sentiments était dans leur découverte l'un de l'autre au-delà des mots. Quand ils se retrouvaient seuls, loin de leurs conflits nus dans les bras l'un de l'autre tout prenait son sens et sa place, Célia était enfin cette jeune femme qui lâchait prise dans les bras d'un homme fort, capable de tout. Elle frémissait dans ses bras et son corps était en osmose avec le sien ! Ulrick avait durant ces moments d'ébats sa place d'homme et une passion animale les dominait tous les deux.

Ils étaient ensemble les pièces d'un même puzzle, physiquement ils se complétaient, certainement que leurs sentiments étaient forts et réciproques mais ils ne savaient franchir la barrière de l'audible, ils ne savaient que se sentir et se ressentir dans les frémissements de leurs corps, dans leurs désirs ardents de se posséder et de s'étreindre à jamais. Ils s'aimaient de cette façon et comme ils se voyaient peu, leurs retrouvailles étaient toujours intenses et passionnées, ils connaissaient tous les recoins de leur quartier, tous les endroits insolites qui pouvaient devenir l'espace d'un instant un nid d'amour. Chaque fois qu'ils étaient ensemble leurs cœurs palpitaient entre la peur d'être découvert derrière un local associatif et leur véritable désir de l'un pour l'autre. Ils ne savaient pas se dire « je t'aime » mais leurs corps ne cessaient dans leurs étreintes de se dire « je te veux ».

Célia attendait désespérément d'être rassurée, mais voilà, comme elle n'osait pas être franche et exposer clairement ce qu'elle avait en tête, Ulrick continuait sur sa lancée.

Célia n'avait pas changé, depuis les premières heures elle n'avait pas su jouer sa part entièrement, elle était là à toujours attendre d'Ulrick et des autres qu'ils fassent tout.

Ce n'était pas bien compliqué à comprendre, avec sa mère Célia avait toujours fait ainsi, elle n'avait jamais eu le choix ni le droit d'être, il fallait qu'elle fasse à la guise des autres, sa personnalité n'avait jamais était construite entièrement, elle était elle, mais elle s'était laissé façonner par les autres.

Comment être un être entier quand on a jamais eu son propre libre arbitre ?

Célia manquait de confiance en elle depuis toujours, elle était un de ses enfants qui n'osent jamais.

Toujours habituée à suivre les règles, à s'oublier à travers elles. La seule ombre au tableau était leur manière de se gérer vis-à-vis des autres. S'ils avaient eu à vivre dans une chambre une vie entière ils y seraient parvenus, tant entre eux il y avait une parfaite cohésion physique. Après tout c'était ensemble qu'ils avaient découvert leur sexualité.

Hélas, c'était dans leur manière d'être en public que cela clochait, Ulrick était distant, timide, et ne voulait pas lui prendre la main, l'embrasser, la serrer dans ses bras quand ils sortaient et cela Célia ne le supportait pas.

C'était comme si elle était à cacher, comme si leur relation devait rester celle que l'on mène derrière les bâtiments ou dans les coins reculés de la ville.

Elle rêvait d'une idylle ou son prince crierait à la terre entière son amour comme elle le fit les quatre années où elle l'avait attendu. Elle n'arrivait pas à lui dire le malaise qu'elle ressentait. Elle n'arrivait pas franchir les murs qu'elle bâtissait chaque jour entre ses lèvres et les siennes. Elle ne savait pas lui dire, « mon chéri, mon amour ». En même temps comment oserait-elle ? Célia avait besoin qu'on la guide, qu'on lui montre, comme elle avait appris à lâcher prise dans ses bras. Elle ne savait pas le dire, et de toute évidence lui non plus.

Alors, ils n'arrivaient à le montrer que par leurs corps.

Elle essayait tant bien que mal d'amoindrir leurs ressentiments, elle vantait les qualités d'Ulrick, minimisait les attaques de sa mère. Mais les mois passant, elle n'y parvenait plus. Elle s'était usée de s'être ainsi battue, les deux camps ne voyaient pas à qu'elle point cela l'épuisait.

À force, elle ne trouvait plus d'excuses à sa mère.

Un soir, Ulrick n'en pouvait plus, Célia avait eu l'interdiction de venir à son anniversaire !

« C'est ta mère ou moi ! »

Célia l'aimait plus que tout, alors bravant les interdits, elle fît le mur, une fois, deux fois, trois fois, et puis un soir rentrant de son escapade sa mère l'attendait à la porte de sa chambre une ceinture à la main.

Les coups pleurèrent sur elle... elle remercia le ciel que ce soir-là il y avait du vent, elle avait mis un pull qui diminua l'impact du cuir sur son corps.

Aucune seconde elle ne regrettait d'être sortie, pour elle les coups qu'elle recevait donnaient raison à Ulrick. Son choix était fait.

Célia ne raconta jamais ce qui s'était passé à Ulrick.

Elle ne voulait pas ternir l'image de sa mère encore plus, mais surtout, elle avait honte.

Honte qu'à ses débuts de femme chaque pas qu'elle faisait à sa propre rencontre, elle devait subir les foudres de celle qui aurait dû l'accompagner sur ce chemin.

Au lieu de ça, elle était contrainte aux évasions nocturnes, aux mensonges et aux manigances.

Leur relation s'étiolait. Ils s'aimaient tellement, se désiraient tellement, ils avaient besoin l'un de l'autre. Pas une fois par semaine. Pas en cachette. Pas dans l'angoisse.

Célia ne pouvait même pas l'appeler, sa mère ne lui autorisait pas d'utiliser le téléphone fixe de la maison, et elle n'avait jamais de crédit sur son téléphone portable.

Cette situation était invivable, elle brûlait d'un feu ardent pour lui.

Ulrick était énervé, en colère, il pensait que Célia ne faisait aucun effort pour faciliter leur relation.

Un soir, après avoir bu un peu, Ulrick voulut que Célia reste auprès de lui, celle-ci avait promis à sa mère qu'elle rentrerait avant 23 heures… elle avait dû négocier toute la semaine pour obtenir cette permission. Elle savait que si elle trahissait sa confiance, ce soir-là, ce serait lui déclarer la guerre.

« Non Ulrick, ce soir je dois rentrer, je suis désolée, mais faut vraiment que je rentre. »

Ulrick était ivre d'amour pour elle, il avait certainement envie d'assouvir son désir dans l'une de leurs cachettes.

Ce refus fit l'effet d'une bombe, le jeune homme s'emporta, Célia était à quelques mètres de chez elle, et Ulrick lui cria : « Si tu rentres chez toi, c'est fini entre nous. »

Elle avait peur que sa mère l'entende dans cet état, qu'elle sorte de la maison et qu'elle l'humilie.

Il fallait faire vite, elle lui dit : « Je dois rentrer, on se voit demain. »

Il continuait à crier devant chez elle : « Si tu rentres, c'est fini ! »

Célia désespérait en entendant sa mère ouvrir la porte et lui dit en se précipitant chez elle : « OK, ben c'est fini. »

Célia attendit que sa mère dorme pour essayer de l'appeler mais il ne répondit pas.

Elle passa la nuit à s'interroger, qu'aurait-elle pu faire pour éviter tout ça ?

Le lendemain, Célia essaya tout pour le revoir, sans succès, les amis, la famille et même à sa mère, elle implora de la laisser sortir, car son couple était en train d'imploser.

Monique prit pitié et même pendant un instant elle se demanda : « Ne suis-je pas allée trop loin ? »

Mais il était trop tard. Ulrick lui dit : « Je ne t'aurais jamais quittée, mais toi tu l'as fait, c'est fini ! » D'un ton ferme et glacial il scella leurs deux ans d'amour sans l'ombre d'un remords.

Célia était dévastée, l'amour de sa vie lui avait tourné le dos. Il ne voulait plus la voir, ne prenait plus ses appels, elle sentait sa haine même dans le regard de ses amis.

Pour Ulrick, Célia était devenue son passé. Il lui en voulait autant qu'il avait pu l'aimer.

Célia tentait l'impossible, elle brava le qu'en-dira-t-on et se rendit sur le lieu où les amis d'Ulrick se voyaient. Elle s'approcha d'eux et demanda à Alex, le meilleur ami d'Ulrick, des nouvelles de celui qui trois jours auparavant l'étreignait encore.

« Célia vraiment lâche-le, tu l'as mis dans une colère, c'est mort vous deux, il ne veut plus entendre parler de toi. »

Elle allait s'effondrer, mais sa fierté l'avait retenue. Humiliée elle rentra chez elle, se mura dans sa chambre, gisant au sol, et tentant d'étouffer ses pleurs aux creux de ses cuisses.

Sa souffrance était immense, elle aurait pu se laisser mourir dans cette chambre, se dessécher totalement par les torrents de larmes qui s'échappaient d'elle. Elle aurait voulu mourir et cesser son agonie, nul ne connaît le fracas d'un cœur qui se brise d'amour sans y avoir laissé son sourire.

Célia déclina de jour en jour, elle ne mangeait plus, ne sortait plus.

Chéryl, qu'elle voyait peu depuis sa relation avec Ulrick vint aux nouvelles.

« Bonjour Miss, j'ai appris qu'Ulrick et toi c'était fini, je suis désolée. »

Célia à ces mots retomba en sanglots, déjà une semaine après la rupture, et elle n'avait pas mis le pied dehors.

« Je suis vraiment triste pour toi, en plus qu'il ose se remettre avec une autre fille c'est dégueulasse. »

Célia n'en croyait pas ses oreilles... « QUOI ? QUI ? Depuis quand ? » cria-t-elle.

Chéryl était confuse, elle expliqua à Célia qu'elle n'en savait pas plus, mais qu'elle les avait vus bras dessus bras dessous hier devant le cinéma.

Célia était choquée, comment pouvait-il l'avoir remplacée aussi vite ?

Quand elle sut par qui, ce fût le coup de grâce... Émeline, une jeune fille de deux ans plus jeune qu'elle, une fille avec qui elle avait déjà passé plusieurs heures à parler d'amour.

Elle se confiait beaucoup au sujet de son couple avec elle, elle pensait que c'était une amie.

Le lendemain, elle décida de trouver Émeline, elle savait où la chercher, elle connaissait ses habitudes. Elle la trouva près du gymnase, dès qu'elle la vit, son sang fit un tour, les larmes aux yeux elle lui demanda d'un ton agressif : « C'est vrai que tu es avec Ulrick ? »

Émeline recula, elle eut peur de Célia, sa fureur était perceptible…

« Comment tu as pu sortir avec lui, tu savais que je l'aimais plus que tout ! »

Émeline répliqua aussitôt : « Que je sache, c'est toi qui l'as laissé tomber, non ? »

Les abîmes s'ouvraient sous Célia, c'était la réalité, c'était elle qui avait rompu, c'était elle qui avait détruit son bonheur. Elle ne pouvait s'en prendre qu'à elle-même. Célia était dans un tel état, sa peine était si grande et sa colère aussi.

Sa mère n'aurait plus jamais d'emprise sur elle, pour elle tout était de sa faute.

C'était à essayer de la satisfaire qu'elle avait tout perdu.

Au début, elle se contenta de pleurer toutes les larmes de son corps, puis, désespérée, tellement elle avait besoin de contact avec l'être qu'elle aimait plus que tout, elle tourna son attention sur celle qui lui avait dérobé l'objet de son obsession.

Célia tenta tout pour se rapprocher d'Émeline.

Cela commença, un jour en discutant avec des amies, l'une d'elles lui dit : « Émeline a une très jolie messagerie. » Cette petite phrase anodine allait emmener Célia à faire des choses bien étranges.

Dès lors, elle se procura le numéro de la jeune fille, et l'appela la nuit quand son téléphone était éteint, exprès pour entendre sa messagerie.

Ce petit manège dura quelques semaines, et, c'était vrai, les chansons sur son répondeur étaient sublimes et la voix d'Émeline lui plaisait, Célia ne se lassait pas de l'entendre.

À aucun moment elle ne pensa aux conséquences de son petit jeu... un jour elle reçût un appel d'Émeline qui lui demanda à quoi elle s'amusait pour l'appeler en pleine nuit, celle-ci était très fâchée et dit à Célia qu'elle viendrait dans l'après-midi afin qu'elles s'expliquent en face à face.

Sur le coup, Célia eut deux secondes de peur puis, confiante, elle attendait avec impatience la visite d'Émeline.

À l'arrivée de celle-ci, Célia en un instant réussit à renverser les choses, et Émeline comprit que Célia ne lui voulait aucun mal. Elle fut honnête et lui dit que tout simplement elle aimait entendre sa voix et que le texte de la chanson l'avait subjuguée. Les deux jeunes femmes tissèrent de nouveau leur amitié.

Émeline rendait souvent visite à Célia, elles parlaient d'Ulrick, de tout et de rien.

Au fil de ses discussions Célia en apprit énormément, elle vit en Émeline une jeune fille sincère qui ne désirait vraiment pas la blesser mais qui tout comme elle, avait vu le charme irrésistible d'Ulrick.

Elle découvrit qu'il avait vraiment des sentiments pour Émeline et que contrairement à ce qu'elle pensait, il ne se vengeait pas d'elle.

Mais elle découvrit aussi qu'elle n'avait pas disparu de son cœur et que contrairement à ce qu'il disait il ne l'avait pas rayée de sa vie. En effet Émeline avoua à Célia qu'elle avait été de nombreuses fois jalouse de son fantôme. Ulrick parlait d'elle fréquemment et comparait les deux jeunes femmes sans cesse.

Émeline avait du mal à le supporter et elle dit à Célia : « Je sais que je ne pourrais jamais te remplacer ».

Elle jubilait à l'intérieur mais étonnamment elle s'inquiétait pour eux également.

Très vite, Ulrick apprit leurs rencontres clandestines, et un après-midi il surgit devant Célia ! Cela faisait des mois qu'elle ne l'avait pas vu. Celui-ci était furieux, il l'agressa verbalement et l'accusa de vouloir mettre un terme à sa relation avec Émeline.

Célia eut du mal à le raisonner. Il était en colère, elle voyait son désarroi sur son visage.

« Émeline veut me quitter, qu'est-ce que tu es allée lui dire ? »

Célia tenta de le rassurer et lui promit qu'elle ferait tout pour que cela n'arrive pas.

Ulrick aimait Émeline et Célia l'avait compris. Comme promis, elle parla à la jeune femme et en fine amie elle réussit à faire valser toutes ses inquiétudes et à la rassurer.

Le lendemain, Ulrick appela Célia et la remercia… de nouveau elle faisait partie de sa vie.

Célia avait fait preuve d'un altruisme déconcertant, et avait valorisé ce que ressentait Ulrick pour Émeline. Et même si, seule dans son lit, elle pleurait les moments perdus auprès de lui, elle ne regrettait pas de les avoir remis dans les bras l'un de l'autre et se contentait du nouveau rôle qui lui avait été donné de jouer dans sa vie, une amie.

Elle acceptait la situation et se contentait de cette place qu'elle avait dignement remportée. Elle retrouva le respect de l'être cher et elle faisait désormais partie de sa sphère et dès que celui-ci la voyait il avait mille choses à lui raconter.

Célia le conseillait et souhaitait réellement son bonheur. La relation d'Ulrick et d'Émeline était bien différente de la sienne, il affichait son amour, il rendait visite à Émeline chez ses parents, il était accepté par sa famille. Tous les ingrédients y étaient pour que Célia soit jalouse, et pourtant elle ne l'était pas. Elle l'aimait toujours par procuration. Émeline lui racontait beaucoup de choses, secrètement elle s'imaginait à sa place.

Les amies de Célia, Chéryl et Margaux trouvaient étrange son comportement, encore une fois elle faisait des choses contraires à la majorité.

Mais Célia avait encore de l'espoir, elle savait qu'elle avait encore une carte à jouer.

Elle attendrait patiemment cette fois, elle ne précipiterait rien.

Quelques mois plus tard, un soir, elle était toute belle et coquette et devait sortir avec une amie.

À peine posa-t-elle un pied en dehors de chez elle, qu'Ulrick débarqua avec sa voiture, s'arrêta près d'elle et lui dit : « Monte ». Célia n'hésita pas une seconde et monta.

Émeline l'avait quitté pour un autre et c'est dans les bras de Célia qu'il vînt chercher du réconfort.

Cette nuit, ils firent l'amour comme jamais ils ne l'avaient fait avant, Célia l'étreignait de toutes ses forces, elle était submergée de bonheur.

L'avoir de nouveau près d'elle, son rêve redevenait réalité une deuxième fois et désormais elle ne permettrait à personne de se mettre entre eux.

Ulrick était dans les bras de Célia. Chaque jour, ils se retrouvaient ainsi, Célia était heureuse, aux anges, son bel homme lui était revenu, la vivacité de leurs ébats dépassait tout ce dont ils avaient expérimenté jusqu'ici. Leurs corps semblaient ne former qu'un.

Célia n'avait plus aucun frein, complètement désinhibée au contact de sa peau, elle était telle une fleur qui resplendissait pour la première fois au grand jour.

En sa présence tout prenait son sens, la terre entière aurait pu disparaître tout ce qui l'importait elle le possédait à l'instant.

Ce que sa mère pouvait en penser ou en dire, les coups qu'elle aurait pu lui donner, elle s'en fichait.

Seul comptait le regard de son amoureux, celui qu'elle avait cherché désespérément depuis toujours, attendu et fantasmé.

Elle l'aimait si fort, et chacun de ses baisers était épris de passion.

Pourtant un malaise régnait, ils ne savaient qu'être un « tout » en action et n'existaient qu'à travers leur désir et dès lors que leurs deux corps se séparaient, le « tout » disparaissait.

S'ils avaient su mettre des mots avec la même puissance qu'exultaient leurs corps, ils auraient eu des textes aussi beaux que ceux de Corneille.

Hélas, l'un loin de l'autre, et ne serait-ce qu'à un mètre déjà, le silence régnait.

Ulrick qui depuis le départ, menait leur couple tel un chef d'orchestre, ne disait rien, Célia attendait scrutant ses lèvres qu'il la délivre de ses peurs.

Elle espérait qu'il officialise les choses, qu'il lui dise clairement que leur histoire renaissait de ses cendres, que rien n'était fini et qu'au contraire, il le savait que c'était elle qu'il aimait.

Mais non, de semaine en semaine, elle était face au même mutisme.

« Ulrick il y a quoi entre nous ?

— Comment ça, quoi ?

— On est ensemble ou pas ?

— On est là, on profite de l'instant présent c'est tout, c'est entre nous, c'est tout ! »

Célia venait de comprendre qu'elle était une liaison secrète, un petit goûter en attendant un plat de résistance.

Un en-cas facile, qui ne nécessite plus ni discussion ni subtilité.

Il n'avait plus d'amour pour elle, d'ailleurs l'avait-il déjà aimée ?

« Excuse-moi, nous n'aurions pas dû, je suis désolé, je n'ai pas l'intention de revenir avec toi, c'est trop compliqué, ta mère me hait, nous ne pourrons jamais être heureux ensemble, Célia je pensais que tu l'avais compris nous n'avons plus d'avenir tous les deux ! »

Célia rentra chez elle dévastée, Ulrick n'avait pas bu cette fois, il n'avait pas crié, il n'était pas en colère.

Il était sincère, et sûr de lui.

Tout s'effondrait, et maintenant c'était clair, la responsable c'était sa mère.

Célia rentra chez elle, mais plus comme autrefois, elle n'avait plus aucune angoisse de croiser sa matriarche, bien au contraire, elle n'avait qu'une hâte, l'affronter.

« C'est à cette heure que tu rentres ?

— Oui, et alors ? Sache qu'à partir d'aujourd'hui tu ne m'empêcheras plus jamais de vivre ma vie, la seule chose qui me tenait à cœur, tu m'en as privé.

Désormais je sors quand je veux, et avec qui je veux, et je ne veux plus te voir roder autour de moi ! »

Monique était scotchée, estomaquée, elle n'en revenait pas, c'était la première fois de sa vie que sa fille lui tenait tête comme ça en étant froide et menaçante.

À cet instant, Monique sentit en elle qu'il était trop tard, à force de trop tirer sur la corde, celle-ci avait fini par rompre.

Célia du haut de ses dix-sept ans venait de prendre un tournant décisif, elle avait rompu le cordon ombilical, s'était extraite de l'autorité maternelle.

Arrivée dans sa chambre, assise au bord de son lit, elle se décoiffa, laissant retomber ses longs cheveux bouclés, elle enleva ses vêtements, et se mit à pleurer, de toutes ses forces, de tout son intérieur.

Une blessure profonde comme jamais venait de lui déchirer le cœur, ce que Célia allait y perdre elle ne le retrouverait peut-être jamais.

Une partie d'elle était morte cette nuit et une autre avait vu le jour.

Ce soir-là, Célia sortit en boîte de nuit avec des amies du lycée, elles étaient venues la récupérer, elle avait enfilé un joli jean slim bleu foncé, et avait mis un petit top jaune moutarde à paillettes sur lequel il y avait un joli lacet à l'avant.

Elle s'était coupé les cheveux depuis quelques semaines, et il fallait l'avouer cela lui apportait encore plus de pétillant.

Elle s'était mis du charbon noir autour des yeux et un rouge à lèvres doré.

Monique la regardait du coin de l'œil, sans intervenir, Célia l'avait prévenue depuis une semaine qu'elle allait sortir avec ses amies, de ne pas s'inquiéter qu'elle serait en groupe et qu'il n'y avait rien à craindre.

Monique n'avait plus son mot à dire, et bien que son cœur de mère se tordait, et qu'elle aurait voulu enfermer sa fille à double tour, elle essayait de faire bonne figure et de ne rien laisser transparaître.

C'était la première fois que ses amies du lycée venaient chez elle, et elle voulait faire bonne impression.

Depuis cette nuit où Célia avait mis les points sur les « i », Monique avait perdu son ascendant sur elle, et elle avait beaucoup de mal à savoir ce que Célia vivait en dehors de la maison.

En effet, celle-ci sortait beaucoup, elle prévenait toujours de ses absences et de la fourchette d'heure à laquelle elle rentrerait, mais elle n'en disait pas plus.

Elle ignorait si Célia avait un nouveau petit copain, si elle fréquentait encore Ulrick, si elle était heureuse, si elle allait mieux.

Monique souffrait de l'indifférence de sa fille, celle-ci ne participait plus à rien dans la maison.

Quelque part, elle reconnaissait qu'elle était allée trop loin et semblait le regretter, mais elle ne savait pas comment renouer.

Frédéric lui, était toujours effacé, comme absent, il avait une certaine proximité avec sa fille et son fils, car il était celui qui les emmenait partout, celui qui faisait le lien entre eux et leur mère.

Bien souvent avant de demander quelque chose à Monique, ils parlaient à Frédéric et bien que celui n'ait aucune influence sur leur mère, c'était une façon de préparer le terrain, car le temps de lui expliquer les choses, Monique avait tout le loisir de les entendre, calfeutrée derrière les cloisons de la maison.

C'était ainsi dans la famille Lebon, on vivait comme sur un champ de bataille, essayant d'espionner l'ennemi ou de le duper.

Les enfants avaient appris à y faire, ils connaissaient les mécanismes de leur mère depuis bien longtemps maintenant, et ils savaient les contrer.

Arthur, lui, avait plus de facilité que Célia. Déjà, il était un garçon, et depuis toujours il n'avait pas eu à se battre pour acquérir sa liberté.

Bien au contraire, depuis toujours Monique encourageait Arthur à sortir, à s'inscrire dans des activités extrascolaires, de participer à toutes sortes d'ateliers.

Pour elle, il allait devenir un futur homme avec grand « H » alors il fallait qu'il acquière le plus de choses possible, qu'il s'insère à l'extérieur de la maison.

Célia quelque part, n'avait toutes ces années, souffert que de sa condition de femme, dans un monde où l'on croyait encore que la femme n'était qu'une future épouse, et une future mère.

Sa condition ne lui permettrait jamais de faire de grandes études, de réussir et de devenir chef d'entreprise par exemple.

De toute évidence pour Monique, à aucun moment elle n'avait vu sa fille autrement qu'en jeune fille à conquérir, à qui l'on ferait des enfants et qui serait forcée elle aussi de se marier et de servir un foyer le restant de sa vie.

Oui, Monique n'avait jamais fondé de grand espoir en Célia, tout simplement parce que ce concept lui était totalement étranger.

Célia, elle, bien qu'elle n'ait pas encore saisi toutes les nuances de sa relation conflictuelle avec sa mère, le savait au fond d'elle-même. Elle rêvait d'autre chose, de tant de choses.

Elle était avide de connaissances et d'expériences.

Depuis sa séparation d'avec Ulrick, elle tentait comme elle le pouvait de combler l'immense vide qui s'était creusé dans son cœur.

Elle participait à tout ce qui lui était proposé, elle était prête à tous les défis.

Comme celui qui après avoir frôlé la mort n'avait plus peur de rien. Eh bien, Célia, après la perte de son amoureux, n'avait plus peur également.

Tout d'abord elle n'eut plus peur de sa mère, plus peur de ce qu'elle ressentait, plus peur d'elle-même !

Célia semblait s'accepter enfin, libre dans sa tête et dans ses gestes.

Elle disait enfin ce qu'elle éprouvait, à l'instant où elle l'éprouvait, elle ne se reniait plus.

Sa séparation d'Ulrick lui avait fait prendre conscience de tant de choses.

Elle n'avait plus une seule seconde à perdre, et cette sortie en boîte de nuit avec ses nouvelles amies était l'opportunité de sortir de l'enfance et de commencer sa vie d'adulte, du moins c'est ce que Célia s'était imaginé.

Arrivée là-bas, quelle ne fût pas sa surprise de voir Ulrick dès l'entrée du pub, son cœur fit un bond, elle ne savait plus quelle attitude adopter, l'ignorer, le saluer ? En quelques secondes elle passa près de lui en le regardant à peine.

Elle savait que depuis qu'ils ne se voyaient plus, Ulrick passait toutes ses soirées sur le stade à faire de la musculation avec ses potes. Elle avait fréquemment des infos avec Arthur, Chéryl et Margaux, les filles aussi venaient régulièrement lui raconter tout ce qu'elles voyaient.

Ils n'étaient plus ensemble, mais la gravité continuait de les maintenir l'un face à l'autre.

Un peu comme des faces opposées d'une même pièce, ne pouvant se réjouir l'un de l'autre mais à jamais liées.

Célia, elle, avait beaucoup de succès, plusieurs garçons lui faisaient la cour, et Ulrick était au courant. La jeune fille embellissait d'année en année, tant elle prenait du caractère et de l'assurance tant sa silhouette était celle d'une Tom raider un brin latino.

Célia jubilait au milieu de la piste de danse, et sentant le regard d'Ulrick, elle faisait sa belle.

Les jeunes hommes qui venaient près d'elle, subjugués devant son charme, ne faisaient qu'attiser encore plus la curiosité d'Ulrick.

Il était là, à la désirer, encore, à vouloir ne l'avoir que pour lui seul.

Il s'approcha d'elle, et tel un taureau, de ses yeux perçants il terrassa ses prétendants, qui avaient bien vu la menace d'un homme jaloux.

Célia était fière, non pas qu'elle croyait que celui qu'elle avait aimé lui revenait, non, elle était tout simplement fière d'avoir attisé le feu de son désir.

Elle voyait le pouvoir qu'elle possédait sur lui, elle n'avait pas attaché son cœur au sien, mais son corps lui ne l'avait jamais oublié.

« Viens, on sort ?

— Pour quoi faire ?

— Devine ?

— Tu te fiches de moi, va-t'en !

— Pourquoi tu me parles comme ça ?

— Parce que c'est fini, Ulrick, je ne suis pas ta chose !

— Pourquoi tu parles comme ça, tu as bu ?

— Alors là ce ne sont pas tes affaires, d'accord ? Je ne suis pas ta petite amie, tu t'en souviens ? »

La musique était si forte, que pour s'entendre ils étaient obligés de crier, et se rapprocher l'un de l'autre.

En une seconde, leurs lèvres étaient collées l'une à l'autre.

Cette odeur, cette odeur qu'elle avait tant aimée, ce souffle chaud, ces lèvres sèches.

Son cœur palpita, un flot de questions se mit à tournoyer dans sa tête.

« Qu'est-ce qu'il me veut ? Est-ce qu'il m'aime ? Suis-je encore qu'une imbécile ? Il me prend pour une conne ou quoi ? »

Elle s'arracha de ses bras, et partit au milieu de la foule sur la piste de danse, comme enivrée, elle titubait, ses larmes commencèrent à couler, elle se demandait à quoi il jouait, elle s'interdisait de ressentir des sentiments pour lui, elle était pleine de colère.

Elle était venue ici pour sortir de son quotidien, vivre quelque chose de différent, mais non, il était toujours là, comme une ombre.

Où qu'elle aille, quoi qu'elle fasse, il était là, il venait perturber sa tranquillité, il revenait avec ses yeux, dans lesquels elle se noyait, et cette odeur… il l'enivrait.

Était-ce la pulsion, la passion, ou l'amour tout simplement, Célia ne voulait plus le savoir, elle ne voulait que l'oublier.

Elle en avait assez fait pour lui, et n'avait plus le luxe de se voir démolir encore.

Elle cherchait ses amies, avec lesquelles elle était venue, elle ne les voyait pas, elle s'était enfoncée tellement loin et tournait sur elle-même qu'elle n'arrivait plus à s'orienter.

Tout à coup, des bras l'enlacèrent, elle pria en elle que ce ne soit pas lui, elle n'aurait pas la force de lui résister.

Elle se retourna et c'était Arthur.

Célia se mit à pleurer, Arthur la serra dans ses bras.

Il l'emmena à l'extérieur de la boîte de nuit et il la réconforta.

Elle expliqua à son frère tout ce qu'elle avait traversé ces derniers mois et à quel point elle ne savait plus comment faire, elle l'avait dans la peau et malgré tous ses efforts pour se défaire de lui elle n'y parvenait pas.

Il suffisait qu'il l'approche pour perdre le nord, et ne désirait que sa seule direction.

Arthur était satisfait qu'elle se confiât à lui, ils avaient durant ces dernières années perdu leur complicité.

Et voir Célia ouvrir son cœur lui donnait l'impression d'être de nouveau son chevalier servant comme quand il était enfant.

« Il faut que tu arrêtes Célia, Ulrick ne t'aime pas, s'il t'aimait, il ne t'aurait pas fait cela.

Quand un garçon aime, il le dit, il le crie, quand une femme aime aussi apparemment, c'est ce que toi tu as fait non ? Tu lui as dit combien de fois que tu l'aimais ?

— En fait, jamais !

— Quoi ?

— Je ne lui ai jamais dit que je l'aimais, mais ça se voit, il n'y a pas besoin de mot, la terre entière le sait, comment pourrait-il ne pas le savoir ?

— Célia, parle-lui, dis-lui clairement ce que tu ressens, et écoute ce qu'il a à te dire. »

Arthur l'avait convaincue il était temps qu'elle ouvre son cœur à Ulrick, elle le chercha partout dans la boîte de nuit, et elle finit par retrouver son groupe de copines.

Elles étaient toutes un peu pompettes, Sarah, Vanessa, Stéphanie et Faustine, elles étaient toutes dans sa classe en terminale et elles étaient toutes artistes, un peu bohèmes et surtout des fêtardes, à fond dans le « carpe Diem »

« Mais tu étais où, Célia ? On t'a cherchée partout ! demanda Faustine, en affichant un visage des plus radieux, souriante comme jamais, après avoir bu deux tequilas.

— J'étais avec mon frère !

— Bon, tu ne nous laisses plus maintenant, on s'est inquiété ! » lui dit Stéphanie en lui prenant le bras.

Célia se dit que c'était trop tard de toute façon, elle ne le retrouverait plus dans tout ce monde et puis elle risquerait de se perdre.

Tant pis, elle passa la soirée avec ses quatre amies déjantées, un brin éméchée, qui l'incitèrent elles aussi à se détendre et à prendre une petite collation.

Les filles étaient venues accompagner de leurs amis de la fac, et eux étaient entrés sur bouteille, elles s'incrustaient parmi eux, et se faisaient payer des verres, contre compagnies et sourires, il était toujours bien vu pour des garçons d'avoir de jolies filles à leur table.

Et puis, ils espéraient tous un peu qu'un jour il pourrait « pécho » la belle Sarah.

Célia était là, à les regarder, à sourire face à ce spectacle qu'ils donnaient devant elle, elle avait moins bu, et avait cette longueur d'avance sur tout le monde, car elle comprenait encore tout ce que chacun racontait.

Stéphanie, après sa troisième boisson alcoolisée vient voir Célia et lui dit : « Tu sais j'aime trop ton frère, il est trop craquant vraiment, dommage qu'il soit si dingue de Margaux ! »

Célia n'en croyait pas ses oreilles.

Elle en apprenait des choses, assise à leur table.

Quelques heures de plus à les écouter, et Célia connaissait la vie intime de toutes ses amies. Sarah la belle, n'avait que faire des garçons et avait depuis peu une relation secrète avec une fille. Vanessa, elle, avait un copain depuis le collège et il venait chez ses parents le week-end, elle n'était plus sûre de l'aimer, mais toute sa famille l'appréciait beaucoup alors elle avait cessé de se poser la question.

Stéphanie, elle, cumulait de petites histoires brèves, mais n'avait jamais éprouvé de passion.

Faustine, elle, était une libertine pure et dure, elle ne pensait qu'à l'instant présent, et ne considérait ni l'amour ni la possession, elle était contre toute idée de conformisme, elle prônait le lâcher-prise et le libre arbitre.

Elle avait une grande expérience en la matière, et bien que son comportement faisait peur à beaucoup de jeunes hommes, elle avait bonne réputation et bon goût, et tous ceux à qui elle avait fait la faveur de la côtoyer avaient pour elle une haute estime.

Passer dans les mains de Faustine c'était comme avoir obtenu un certificat précieux, ces jeunes élus devenaient par la suite très populaires.

C'était son cercle intime, ils restaient toujours proches d'elle, et n'avaient que rarement une deuxième occasion de poser leurs lèvres sur les siennes, mais ils demeuraient à jamais dans sa cour de faire valoir.

C'est ainsi que d'ailleurs que chacune des filles avait consommé aux frais de la princesse et surtout de ceux de ses acolytes.

Célia n'en revenait pas, cette petite bande lui plaisait beaucoup, ces filles n'étaient empreintes du joug de personne, elles faisaient ce qui leur plaisait, c'était leur choix.

En leur compagnie, Célia allait découvrir tant de choses.

Célia avait repris le train-train quotidien, les cours au lycée et les activités extrascolaires, le handball où elle voyait ses amies d'enfance, et puis les week-ends elle sortait avec ses amies du lycée.

Elle était heureuse et épanouie même si dans son cœur Ulrick avait gardé une grande place, elle arrivait à ne pas penser à lui en permanence.

En cours de mathématiques, elle était assise entre Faustine et Sarah, c'était le moment privilégié de Célia.

Elle était là au milieu des filles les plus populaires du lycée, les plus adulées.

Sarah se tourna vers Célia et lui dit : « Eh, j'ai un de mes amis qui aimerait te rencontrer… »

Célia n'en revenait pas, elle était enthousiaste.

La voici avec un rendez-vous fixé pour l'après-midi même.

Tom devait l'attendre devant le lycée avec sa moto.

Quand Célia descendit les marches de l'établissement et qu'elle vit Tom, sa première impression lui donna envie de fuir.

Il n'était pas du tout son type, brun, petit, à lunettes et poilu.

Elle se dit mais c'est quoi ce petit singe ?

Mais qu'elle ne fût pas sa surprise de voir qu'après une heure à discuter, ils n'avaient pas eu le temps de s'ennuyer, la discussion entre eux était fluide et facile.

C'était étrange pour Célia, elle n'avait jamais rencontré quelqu'un avec qui chaque mot pouvait être dit sans avoir à y réfléchir.

Tom la faisait rire et semblait tout comprendre de ce qu'elle lui parlait.

« J'ai rêvé d'être princesse ! dit-elle en riant.

— Une belle princesse attendant son prince, c'est tellement classique et cliché, je pense que vous devez être trois milliards de petites filles comme ça !

— Oui, sûrement, et toi alors tu n'as pas rêvé d'être prince ?

— Ah non alors, avoir des devoirs, être le centre de l'attention, tout ça c'est pas pour moi, moi je rêve de me cacher dans les hautes montagnes, de sauter d'arbre en arbre et d'avoir des pouvoirs magiques.

— Waouh, t'as pas peur de t'ennuyer ? Tout seul ?

— Si. C'est pour ça que je cherche ma moitié avant et puis j'irais me cacher dans les hauts de l'île.

— "Allon marron", comme les esclaves ?

— Oui, comme eux, vivre et faire corps avec la nature et les ancêtres.

— Et bien, tu es quelqu'un de profond...

— Et toi Célia, tu es sûre que tu rêves vraiment de n'être qu'une petite princesse ?

— Je ne sais plus, ce que je veux être, j'ai cru un moment n'être faite que pour aimer, j'ai tout donné, pour rien !

— Non pas pour rien, tu as vu à quel point tu étais profonde dans tes sentiments, t'as juste à trouver quelqu'un comme toi !

— T'essaies de me passer un message ?

— Non, si j'ai quelque chose à te dire je te le dirais clairement.

D'ailleurs tu me plais beaucoup et j'aimerais pouvoir te parler encore et encore, des heures, et j'espère que tu finiras par avoir la même envie que moi.

— Eh ben, je m'attendais pas à autant de clarté, pour être franche j'ai passé un très bon moment avec toi.

Merci, mais je sors d'une relation compliquée !

— Oh oh oh ! no stress, je vais pas te demander t'emmener cette nuit dans la montagne, rassure-toi, prend ton temps, une amie ça me va aussi !

— OK, eh bien, tu repasses me voir ?

— OK demain, si tu veux !

— Ça marche, à demain ! »

Tom, lui donna une petite tape sur l'épaule et partit avec sa moto.

Célia le regardait partir et elle ne pouvait s'empêcher de sourire. La vie lui parut tout à coup plus légère, ils se voyaient régulièrement, et s'amusaient bien ensemble.

Elle alla plusieurs fois en soirée avec lui, Sarah et la bande.

Tom était gentil, sûr de lui et très ouvert, il aimait s'amuser.

Il buvait sa bière et fumait son petit pétard gentiment.

Les amis de Sarah étaient ainsi, de bons vivants, très libres et adeptes du cannabis.

Célia dans ce décor, ne savait pas trop comment faire, elle avait toujours tendance à essayer de se contenir, de faire genre, alors qu'au final tous ici se lâchaient totalement, et se laissaient vivre tout simplement.

« Célia, tu veux deux taffes ? demanda l'une des filles assises à sa gauche à côté de Tom.

— Euh non merci !

— Célia, allez détends toi, on est entre nous, faut te lâcher, tu n'es pas chez papa maman ce soir !

— OK, ben je veux bien essayer ! »

Aussitôt dit, aussitôt fait, voilà Célia, le joint au bec, qui s'étouffe presque à la première inspiration.

Elle sentit son corps se dédoubler instantanément, comme si tout à coup, elle se voyait, et s'entendait au ralenti.

Elle les voyait tous, si différemment tout à coup, leurs sourires, leurs airs, si tristes, si fatigués, ils semblaient tous comme des gamins en train de jouer dans une cour de récré, épuisés de leurs longues semaines à essayer de ressembler à ce qu'on attendait d'eux, ils n'en pouvaient plus et étaient là, eux-mêmes tout à coup.

Célia semblait les voir pour la toute première fois. Elle croisa le regard de Tom, et le vit, si grand, si fort, parmi eux tous, si sûr de lui, encore, et bien plus qu'auparavant, il semblait, lui, n'avoir rien de dur à porter, être aussi léger que le vent.

Il était assis par terre mais semblait flotter, et tout autour de lui, tout le monde le scrutait, l'attendait, l'espérait, mais peut-être était-ce parce que c'était lui qui avait le joint en sa possession à ce moment-là.

Célia n'eût plus notion du temps, cette première taffe avait lâché les vannes, relâché la pression, elle riait, n'avait plus aucune retenue. Elle s'était allongée au sol près de Tom, et riait de bon cœur.

Elle ne réfléchit plus à qui la regardait, qui la calculait, qui l'aimait ou ne l'aimait pas.

Toutes ces perpétuelles questions s'étaient évanouies, elle était dans l'instant présent, pour la première fois de sa vie.

Elle était là à la seconde où elle était.

Elle ne pensait pas à Monique, à Frédéric, à Ulrick, ni même à Sarah, ni à demain, elle s'en fichait.

C'était maintenant, tout de suite et maintenant, cette détente, cette relaxation qu'elle aurait voulu poursuivre jusqu'à l'éternité.

Elle se sentait heureuse, épanouie, et elle regardait Tom comme si tout cela avait été possible grâce à lui.

Elle se leva, se mit assise face à lui, et tendit ses lèvres vers lui comme au ralenti, Tom lui souriait,

et la voyait venir toute titubante, bien déchirée.

« Miss, ma jolie, toi c'est bon, ta soirée est partie !

Sarah, emmène ta copine s'allonger dans le divan, elle va partir dans les bras de Morphée ! »

Célia avait les yeux fermés et avait l'impression de tournoyer sur elle-même, elle entendait parler autour d'elle, et elle se sentait comme une mutante, elle avait l'impression de pouvoir forcer sur les muscles de ses oreilles et d'entendre de très loin tout ce qui se disait.

Bizarrement, elle semblait faire partie de tous les sujets de conversation de la soirée.

Bien qu'elle n'arrivait pas à communiquer et à émettre le moindre son, elle percevait tout ce qui se passait autour d'elle.

Mais le seul qu'elle essayait d'entendre restait muet.

Où était donc Tom ? Elle ne pensait qu'à lui, allongée sur ce divan qui ne cessait de tournoyer.

Elle commençait à avoir de plus en plus faim et de plus en plus soif.

Une soif abominable… Elle peinait à avaler sa salive.

Elle aurait pu dévorer une marmite de pâtes elle toute seule si on lui en avait fourni une.

Le temps lui semblait si long, elle prit son courage, et essaya de se remettre debout, mais sans comprendre comment, elle se retrouva par terre, et n'arrivait pas à se relever.

« Et Miss, alors ce premier voyage ? Reste là, allonge-toi.

T'inquiète pas, d'ici deux ou trois heures, tu auras retrouvé toutes tes forces, tiens, je t'ai ramené du jus de fruits ça va te faire du bien. »

Célia avait compris que c'était Tom, mais elle n'avait toujours pas réussi à ouvrir ses paupières.

Il lui posa le verre de jus de fruits sur les lèvres et elle l'avala d'une traite.

Elle se rallongea avec son aide dans le divan, et cette fois-ci, elle s'assoupit pour de bon. Elle n'essaya plus d'entendre les voix, elle n'essaya plus de se relever, son cœur s'était apaisé, et sa soif aussi, et elle s'endormit en plein milieu du salon, parmi une trentaine d'inconnus, et à cet instant Célia s'en fichait complètement.

Au petit matin, quand elle se réveilla, il ne restait qu'une dizaine de jeunes, somnolents et affamés.

Tom était là, mais avait retrouvé toute sa normalité, il ne paraissait plus aussi grand.

Célia s'approcha de lui et il lui prit la main, et il l'accompagna dans la cuisine.

Il y avait tout ce dont Célia avait besoin pour se requinquer, du pain et de l'eau fraîche.

Sarah briffait tout le monde, les garçons nettoyaient le jardin, et les filles s'occupaient de l'intérieur de la maison, il restait deux heures top chrono avant que sa grande sœur l'infirmière ne rentre de sa nuit de garde.

Il fallait débarrasser les lieux, et éliminer toutes les traces de fumettes.

C'était palpitant, Célia vibrait, être parmi les amis de Sarah, faire les mêmes choses qu'eux, se sentir dans le même bateau.

« Célia, on se revoit bientôt, toi et celle que j'ai rencontrée hier soir, elle est plus rigolote que toi, tu sais ! »

Célia rougit, elle avait limite envie de l'embrasser, mais elle se dit non, cette fois, ce n'était pas elle qui ferait tout le travail.

Elle le laisserait faire, si c'était vraiment ce qu'il voulait.

De fête en fête et de soirée en soirée, elle prenait confiance en elle.

Elle s'autorisait toujours plus, un petit verre de rosé, et deux petites taffes, et la voilà qui poussait la chansonnette, et à sa grande surprise elle ravissait les oreilles des convives.

Célia avait une voix douce, elle chantait plutôt bien.

Elle ondulait son corps en même temps qu'elle manipulait les mots, c'était une seconde nature, elle ne s'en rendait même pas compte.

Personne n'y prêtait attention et cela lui permettait d'être elle-même complètement, comme elle ne l'avait jamais été.

Ici, personne ne la jugeait, ils étaient tous en train de vivre leur instant.

Elle se sentait pousser des ailes.

Le cannabis la détendait, la rendait compréhensible aux yeux des autres, elle devenait spontanée.

Le groupe commençait à l'apprécier, il avait capté son prénom et savait que c'était la petite coincée à la base.

Ici, elle oubliait Ulrick et elle envisageait le futur.

Depuis quelque temps, Célia et Tom étaient de plus en plus proches, il lui prenait la main, lui faisait ouvertement les yeux doux, l'appelait chérie, lui déposait des doux baisers sur ses lèvres en quittant la soirée.

Rien d'officiel, mais ils le pensaient tous, ce n'était qu'une question de temps avant que ces deux-là se mettent ensemble.

Les rumeurs allaient bon train.

Célia passait tous ses week-ends, en soirée avec Sarah et Faustine.

Tom venait la chercher quelquefois avec sa moto et il la ramenait au lieu de rendez-vous, là où tout le monde dispatchait les invités dans les différentes voitures disponibles et où l'endroit de la fête était révélé.

Chaque week-end, ils ne savaient jamais chez qui ils allaient aller, cela se décidait à la dernière minute, c'était Sarah et ses cousins qui géraient l'organisation.

Ils avaient tous des studios, leurs parents étaient friqués, médecins, chirurgiens, alors selon le jour de garde de l'un ou de l'autre, ils trouvaient toujours une maison vide ou un studio sans surveillance parentale.

Célia était tellement loin de sa vie de fille d'agriculteur, entourée de tous ces fils à papa qui contrairement à ce qu'elle aurait pensé étaient beaucoup moins sages que la classe moyenne.

Les maisons où elle allait étaient somptueuses, décorées avec goût, avaient du mobilier de luxe.

Pour la plupart, il y avait piscine, et parfois même cours de tennis privé.

Ils avaient tous interdiction d'y entrer, quand ils arrivaient pour la soirée, tous restaient dans le studio ou l'appartement, et la porte était scellée.

Il était impensable de laisser qui que ce soit se promener dans la maison au risque de dérober quelque chose, par mégarde de casser un objet précieux ou d'aller se noyer dans la piscine.

Alors ils restaient à dix, quinze parfois dans un cinquante mètres carrés.

À chaque fois Célia imaginait sa petite chambre, et se disait qu'il y rentrerait au moins quatre comme la sienne.

Elle s'imaginait comment ça serait si elle vivait là, si chaque jour de sa vie, elle se réveillait avec autant d'espace et de confort.

Tous ces jeunes gens avaient des vies tellement différentes d'elle.

Elle ne faisait pas partie de leur monde, elle avait côtoyé la terre et la chaleur du soleil, elle ne connaissait pas les climatiseurs et le distributeur de glaçons.

« C'est donc ça être riche, ne se préoccuper de rien et se laisser aller tranquillement, lança-t-elle après avoir tiré une taffe sur un pétard.

— Euh, j'ai dit ça à haute voix ?

— Oui tu l'as dit, tu es trop drôle toi finalement, je t'apprécie de plus en plus ! »

C'était devant le propriétaire des lieux, du moins le fils, Maxence, qu'elle avait dit ça, et cela ne l'embarrassait pas, rien ne pouvait troubler le bien être général.

C'était comme être en osmose, quoi que chacun puisse dire ou penser, aucun n'avait l'intention de se prendre la tête.

Ils étaient tous d'humeur égale et magnanime.

« Vas-y, laisse-toi aller, ma poule ! » lui dit Faustine, levant son verre de rosé.

Célia était près de Tom et lui demanda :

« Tu es de leur monde toi aussi ?

— Tu es du monde que tu veux être Célia, tout simplement, moi, je ne me pose pas toutes ces questions !

— Tu es riche toi aussi ?

— C'est être riche pour toi ça ?

— Oui, je crois ! »

Elle s'approcha de lui, et pour la première fois, Tom l'embrassa... quelques secondes seulement.

Célia n'aimait pas, elle se sentait suffoquer, elle manquait d'air.

Elle était stone ça y est, il lui fallait trouver un petit coin de canapé où elle pourrait tout simplement laisser le temps lui échapper, jusqu'à ce qu'elle retrouve son souffle.

Elle était là, toujours spectatrice, inerte, les yeux fermés, mais les sens en éveil, elle avait l'impression de mieux voir, de mieux comprendre et de distinguer tant de nuances du monde qui l'entourait.

Elle pensait à sa mère qui depuis quelques mois avait fini par lui lâcher la bride, à son frère qui lui faisait des cachotteries, qui ne se confiait pas sur ses sentiments amoureux.

Elle pensait à Tom qui était si gentil, si droit, et en même temps si différent.

Elle n'arrivait pas à se projeter, être avec lui, c'est être sur pause toute sa vie comme maintenant.

Tom avait un côté hors du temps, il ne représentait que ces moments éphémères, agréables et doux.

Célia comprenait que cela n'avait rien à voir avec ce qu'elle avait ressenti pour Ulrick, mais après tout sa relation avec Ulrick n'avait rien donné non plus.

Devait-elle laisser Tom entrer dans son cœur, devait-elle lui faire une place ?

Deux jours n'auraient pas suffi pour élucider cette question, et voilà qu'il était l'heure pour eux de partir. Célia évita de croiser Tom de manière frontale, elle avait peur qu'il essaie à nouveau de l'embrasser.

Elle partit en catimini avec Sarah et Faustine.

Célia était perdue et perplexe, elle avait eu beau se mentir à elle-même, elle pensait encore à Ulrick.

Un soir, elle s'approcha de la maison de celui-ci, et tomba sur Adrien, le jeune frère d'Ulrick.

Ils se mirent à discuter, et de fil en aiguille un lien particulier se tissa entre eux.

Adrien adulait son frère tout autant peut-être qu'il le jalousait aussi, et Célia trouvait en lui un lien imaginaire avec Ulrick et cela lui procurait du bien.

Elle reconnaissait les traits d'Ulrick sur son visage, Adrien était plus petit de taille, et avait les yeux plus foncés, mais c'était bien son frère.

Leurs voix étaient elles aussi similaires. Ils s'amusaient à parler d'Ulrick et à dire toutes sortes de choses, à raconter des anecdotes, à parler de ses qualités et de ses défauts.

Apparemment, Adrien connaissait bien son frère et avait beaucoup entendu parler de sa relation avec Célia.

« Il a été bête de te laisser filer, ça c'est sûr, il est plutôt malin en général, mais là vraiment je ne le comprends pas ! »

L'entendre parler ainsi la flattait, et c'était un bien fou pour son ego.

Célia, était heureuse lors de ces conversations, elle recréait un peu son histoire avec Ulrick, le jeune Adrien, lui, fan d'Ulrick trouvait son compte dans ces échanges.

Les deux n'avaient pas pensé que leurs petites rencontres allaient susciter bien des histoires dans la petite ville.

Les ragots allaient bon train, et c'était avec une grande méchanceté qu'ils étaient relayés.

Bien loin de s'en douter, ils continuaient à se rejoindre près de la maison de Célia, parfois même Adrien ramenait deux bières, et puis un jour carrément il est venu avec une petite bouteille de vin.

Célia avait tellement l'habitude dans ses soirées, que cela ne la gênait pas du tout, un petit verre entre amis.

Sauf que ce n'était pas les huis clos d'un studio scellé, mais bien à la vue de tous.

Dans cette petite ville de Saint-Philippe, les murs ont des oreilles, et même les arbres, et chaque angle a une paire d'yeux.

Mais surtout, il y a des langues de vipères qui rôdent et qui n'attendent que ça de pouvoir répandre leur venin.

Alors les rumeurs circulaient qu'elle s'était rabattue sur le petit frère, ayant perdu l'aîné.

D'autres qu'elle était tombée tellement bas, et que par pure envie d'humilier Ulrick, elle s'affichait avec Adrien.

Les quelques jours où elle avait vu Adrien allait lui apporter des problèmes.

Elle n'avait pas songé à quel point les choses pouvaient dégénérer.

Un soir, il y eut une soirée et elle était triste, Ulrick lui manquait, elle but un peu plus que les autres soirs, et sur un coup de tête elle décida de se rendre à la soirée avec Adrien.

Elle n'avait pas eu le temps de faire son entrée que déjà toute l'assemblée se figeait et tous la regardaient avec Adrien, comme si sa simple présence près d'elle faisait de lui son petit ami.

Elle sentit une main se serrer sur son bras, et la tirer : « Viens par ici ! »

C'était Ulrick : « À quoi tu joues encore, Célia, c'est quoi ton délire là, tu débarques ici avec mon frère mais t'es folle ou quoi ? »

Adrien s'interposa entre elle et Ulrick : « C'est pas ce que tu crois, elle a rien fait, ne la traite pas comme ça ! »

Célia était éméchée, les quelques verres de vin qu'elle avait bu, la chaleur, tout ce monde…

Sa tête tournait et elle ne comprenait plus rien.

Ulrick était là devant elle, furieux, et elle voyait Adrien qui mettait de l'huile sur le feu en essayant de prendre sa défense.

Vu de l'extérieur tout laissait à croire qu'Adrien protégeait sa petite amie.

Ulrick saisit son bras de nouveau et lui dit d'un ton sec : « Célia, je ne vais pas te le répéter, viens je te ramène chez toi !

— Lâche-la, Ulrick, elle est pas à toi !

— Ah ! Parce qu'elle est à toi peut-être ? S'il te plaît, rentre, va dormir tu ferais mieux ! »

Ulrick s'emporta, poussa son frère violemment, et tira Célia à lui.

Célia commençait à retrouver un peu ses esprits, elle était choquée, et ne voyait pas du tout comment elle allait faire pour se sortir de cette histoire.

Elle savait qu'Ulrick allait se mettre dans une colère noire, cela faisait plusieurs mois qu'ils ne s'étaient pas vus, et se retrouver dans ces conditions, elle était morte de honte.

« Qu'est-ce que tu foutais avec mon frère ?

— On discutait, c'est tout, je te jure, il n'y a rien eu, je te promets !

— Mais qu'est-ce qu'il te voulait, Célia, tu crois quoi, qu'il te suivait comme un toutou pourquoi ?

— Je n'en sais rien moi, on passait du temps ensemble, pour combler l'ennui, c'est tout.

— Pour qui je passe devant tous mes amis là, tu m'expliques ? Je sais même pas pourquoi j'essaie de te parler encore, décidément, mais t'es conne ou quoi ?

On s'est quitté, qu'est-ce que tu fous avec mon frère ?

— Oh c'est bon, et puis tu m'énerves, tu n'en as rien à faire de moi, et alors, si ton frère lui il se préoccupe de moi, lui, c'est son problème.

— Dis pas de bêtises !

— Quelles bêtises ? Tu fanfaronnes, tu pars en soirée, tu t'amuses depuis plusieurs mois, et moi je suis là à souffrir, et c'est toi qui viens me crier dessus encore ! Va-t'en ! Je rentre toute seule ! »

Il lui saisit la main, la tira vers lui, et il l'embrassa.

« À quoi tu joues encore ? Tu me prends, tu me jettes, ça s'arrêtera quand ? »

Les larmes coulaient le long de ses joues.

Ulrick la serra dans ses bras et lui dit dans l'oreille :

« Célia, je ne peux pas être avec toi, mais je ne sais pas être sans toi, je suis comme toi, je ne sais pas quoi faire !

— Alors ne fais rien, s'il te plaît, laisse-moi ! » Célia retira ses bras autour d'elle, il la laissa partir.

Ses larmes coulaient à flots, c'était un torrent, elle ne comprenait plus rien, il l'aimait ? Oui ? Non ?

Rien n'avait jamais était aussi flou, à cet instant Célia n'avait plus aucun espoir, elle savait qu'elle l'aimerait toute sa vie certainement mais qu'elle ne l'aurait jamais.

Elle voulait sceller leur histoire une fois pour toutes et ne plus jamais le revoir.

Sur le chemin du retour, elle reconnut un visage familier, c'était un garçon qui fréquentait le collège autrefois et qui était parti plusieurs mois en voyage puis finalement avait quitté la ville avec ses parents.

« Eh laisse, je vais te raccompagner si tu veux ?

— Oh non, ça ira, je ne suis plus très loin !

— Non, ma jolie, viens par ici. »

En quelques secondes, il avait posé ses mains sur la bouche de Célia et avait réussi à la faire tomber au sol sur l'herbe, il la tira violemment par terre.

La peur avait coupé son souffle, et glacé ses veines, tout ce qui allait se passer lui semblait se produire à l'extérieur d'elle.

Le temps s'était suspendu, et son corps dans un mode de défense l'avait figé sur une fréquence lointaine, elle ne percevait plus la voix de ce monstre.

Elle sentait ses mains comme des griffes fermes sur elle, elle sentait sa chair se déchirer comme si elle sentait l'os de ses ongles à l'intérieur de sa peau.

Chaque millimètre de souffle qu'il projetait ressemblait à un feu ardent qui l'asphyxiait.

« Tais-toi, ou je te tue ! » Le tonnerre, la foudre dans ses oreilles, à cette seconde, bien qu'elle fut en vie, Célia était morte.

Des mots fusèrent, des insultes, ses larmes coulaient, son corps souffrait mais pas autant que son âme, qui pour tenter de ne pas imploser s'était réfugiée ailleurs.

Les secondes lui semblèrent une éternité, elle se sentait étouffer dix fois avec son dégoût, elle tentait de freiner sa respiration pour ne pas avoir à le sentir, elle tentait de flotter même par terre sur le sol, de peur que le poids de ce corps sur le sien ne l'écrase.

Tous ses gestes étaient maniés avec violence et fureur, sa main sur son cou, dans ses cheveux…

Elle avait honte, d'être ainsi prise au piège, et d'autant plus honte d'imaginer que quelqu'un puisse tomber sur elle dans cette posture, la manipuler comme ça, l'exhiber ainsi presque sur la rue principale, elle était terrifiée et pétrifiée.

Quand il eut fini, il se retira d'elle : « Je sais où tu habites, si tu en parles, je reviendrais ! »

Il partit, la laissant là, gisant à terre, détruite de toute part, bousillée dans sa chair et son esprit.

Il lui en aura fallu de la force pour se remettre debout, essayer de reprendre bonne figure pour faire les quelques mètres qui lui restaient pour regagner sa maison.

Arrivée chez elle, elle partit sous la douche, mais avait si peur qu'on l'entende, que sa mère arrive jusqu'à la salle de bain.

Elle ouvrit l'eau tout doucement, se déshabilla doucement, et commença à pleurer assise dans le bac à douche, il y avait du sang sur elle, et elle avait des égratignures.

Mais la plus grosse blessure celle qui ne se voyait pas, était la plus profonde, Célia était démolie, et peut-être pour le reste de sa vie. Sa vie venait de basculer, et tout s'était arrêté dans sa tête, la seule chose qui l'obsédait était comment faire pour cacher ce qui venait de se produire.

Elle avait si honte et si peur, elle éprouvait un tel dégoût d'elle-même.

Ce corps, qui était le sien, lui semblait une chose détestable, elle prit le savon, se frotta, une fois, deux fois, elle changea de gel douche et essaya encore.

Elle resta un moment ainsi dans la salle de bain, mais ferma l'eau, elle avait peur que sa mère ne se lève, réveillée par le bruit.

Elle prit du temps pour se remettre debout, longer la paroi de la douche, avec minutie, tenter d'émettre le moindre son possible.

Enroulée dans sa serviette de bain, elle marcha sur la pointe des pieds, le cœur battant la chamade, pour atteindre sa chambre.

À peine eut-elle franchi la porte, qu'elle se précipita au creux de son lit.

Son rythme cardiaque s'était emballé, elle aurait pu mourir tant elle craignait que sa mère ne la surprenne.

Elle ferma les yeux de toutes ses forces, elle tenait ses mains qui tremblaient et essayait de contenir ses larmes.

Des spasmes ont commencé, elle avait des à-coups, son corps se cambrait contre sa volonté, et elle avait comme des flashs, chaque seconde de tout ce qui s'était produit lui revenait en mémoire.

Toute la nuit, elle lutta contre ces images et l'écho de la voix de son agresseur.

Elle souffrait tellement dans son âme déjà qu'elle ne se rendait même pas compte du mal qu'éprouvait son corps : sa cheville foulée quand il l'avait fait tomber, son cou qu'il avait serré, son ventre qu'il avait écrasé de ses genoux, le haut de sa tête qui avait heurté le sol, et ses parties intimes sur lesquelles il s'était acharné.

Célia avait peur, elle entendait ces paroles en boucle : « je vais te tuer », « je reviendrai ».

Dès lors, il était évident qu'il fallait fuir coûte que coûte, fuir pour que personne ne sache, fuir pour que son bourreau ne la retrouve pas, fuir cette douleur et cette souffrance.

Célia était restée des jours entiers, prostrée dans sa chambre. Monique elle-même ne savait pas que sa fille était là, elle pensait que Célia était partie en week-end comme à son habitude.

La peur la tenait immobile dans son lit, de temps à autre le sommeil la prenait mais elle était vite rattrapée par ses spasmes et ses cauchemars.

Dès que Célia ouvrait les yeux, elle se confrontait à la terrible réalité, ses larmes ne cessaient de couler, mais la peur lui chevillait le corps, et par-dessus tout la peur que sa mère la découvre.

Si elle avait pu se volatiliser, partir, s'enfuir, même se dissiper tel un gaz dans l'atmosphère, elle l'aurait fait.

Les moindres bruits venant de l'extérieur, les conversations de la maison, les sonneries de téléphone, les aboiements des chiens du voisinage, même le sifflement d'un oiseau provoquait en elle de l'angoisse.

Comme si, à tout moment, n'importe qui allait surgir et révéler la vérité.

Il lui était insupportable de faire face à cela, que qui que ce soit sache ce qu'elle avait vécu.

Célia s'en voulait tellement, elle était seule en pleine rue, pour elle tout le monde dirait que c'était sa faute.

Elle avait bu cette nuit-là, il était très tard, Célia était une victime mais pour elle, elle était la coupable.

Le week-end prit fin, il fallait bien que Célia affronte ses proches, elle ne savait pas comment faire.

Elle était persuadée qu'en un seul regard sa mère comprendrait tout.

Ses yeux tout enflés, comment allait-elle le justifier, sa mine, son regard, sa peur ?

À la tombée de la nuit, elle sortit discrètement de sa chambre, habillée comme si elle sortait d'une soirée.

Elle se dirigea vite près de la porte d'entrée, et fit comme si elle venait tout juste d'arriver.

Elle dit « bonsoir tout le monde » comme à son habitude, partit dans la douche, et frissonna de nouveau.

Cette salle de bain renfermait tout à coup trop de mauvais souvenirs et se dirigea vers la cuisine.

« Ça va, Célia ? demanda Arthur sans la regarder, la tête dans son smartphone.

— Fatiguée, je vais aller me coucher, à demain !

— OK, bonne nuit ! »

Célia repartit dans sa chambre, soulagée, ils n'y avaient vu que du feu.

La nuit se passa comme la précédente, Célia trouvait difficilement le sommeil et elle était toujours apeurée.

Elle qui aimait tant regarder par la fenêtre quand elle était enfant, le moindre ombrage du dehors lui déclenchait de la tachycardie.

Le lendemain, sortir de la maison fut très difficile, son esprit n'était pas tranquille, et elle faillit s'évanouir quand elle repassa là où sa vie avait basculé.

Son corps se crispa, et encore une fois, c'était comme si, elle revivait tout à nouveau.

Elle regardait ce petit rebord de mur où elle aurait pu se rompre le cou, et cette pelouse sur laquelle on l'avait souillée.

L'angle de cette rue, où n'importe qui aurait pu surprendre ce barbare, la sauver ou achever de la démolir.

Elle se revoyait, et imaginait, comment par mille façons différentes, elle aurait se sortir de là.

Mais à chaque scène qu'elle imaginait, elle le voyait vainqueur et elle, vaincue, laissée nue sur l'herbe.

Comment aurait-elle pu faire le poids contre ce grand gaillard ? Il avait toujours eu mauvaise réputation autrefois, mais jamais elle n'aurait cru qu'il aurait pu être un monstre.

Célia se posait mille questions, comment allait-elle faire, à qui allait-elle se confier ?

C'était si dur, elle sentait ses larmes lui monter aux yeux, son cœur se décrocher de sa poitrine.

Il fallait partir au lycée, il ne restait que quelques semaines avant le bac.

Il fallait y aller de toute façon, car elle ne savait où aller. En marchant, elle craignit de le retrouver sur son chemin. Heureusement que le matin, il y avait beaucoup de jeunes comme elle qui empruntaient cette rue pour se rendre au bus.

Elle n'était pas seule, il y avait plein de monde, même si à chacun de ses pas, elle avait peur de relever la tête et de regarder qui elle allait croiser.

Arrivée en classe, Célia tenta de paraître aux yeux de ses amis tout à fait normale, mais au bout d'une heure de cours, c'en était trop : ses larmes sortirent et jaillirent, elle tenta en silence de les dissimuler, mais Faustine l'avait vue.

« Eh, ben ma chérie, qu'est-ce qu'il y a ? Allez parle-moi, je suis ton amie ! »

Célia lui fit signe qu'elle ne pouvait pas parler, alors Faustine lui dit d'écrire sur un papier, Célia ne savait pas comment le formuler, elle avait peur, hésita longtemps, puis finalement écrivit :

« J'ai été agressée vendredi.

— Comment ça agressée ? Par qui ?

— Un gars du quartier, il m'a violée ! »

Célia pleurait de plus en plus, elle avait peur : « Ne dis rien, s'il te plaît, à personne » ! Célia prit le papier sur lequel elles avaient écrit et commença à raturer toute la feuille, puis elle découpa la feuille en petits morceaux et jeta les morceaux à la poubelle.

À l'heure de la récréation, Faustine vint la voir :

« Il faut tu parles à quelqu'un Célia, c'est trop grave ! Je ne peux pas garder tout ça pour moi, va voir la psy du lycée, elle saura t'aider, je vais aller prendre rendez-vous pour toi ! »

Célia était choquée, elle ne savait plus quoi faire et écouta les conseils de Faustine.

Elle alla se présenter, on la prit tout de suite, la psy était disponible, en larmes elle lui dit qu'elle avait était agressée et celle-ci, directe, lui répondit :

« Bon, vous les jeunes vous couchez à droite, à gauche, et après pour vous en sortir vous venez nous raconter n'importe quoi. Vous avez mis un préservatif au moins ? Sinon tu risques d'être enceinte. »

Célia n'en croyait pas ses oreilles, elle se sentait si humiliée.

La psy lui donna un rendez-vous, avec le planning familial, afin de se faire prescrire la pilule du lendemain, et elle lui donna un rendez-vous pour une consultation.

Célia sortit de là, avec la certitude qu'elle ne reviendrait plus jamais, mais un doute immense l'avait envahi, la psy avait raison sur un point, elle pouvait tomber enceinte.

Elle eut un rendez-vous l'après-midi même au planning familial qui n'était pas très loin du lycée.

Après un rendez-vous des plus gênants avec le gynécologue qui tout comme la psychologue n'avait pas pris au sérieux sa déclaration de viol, Célia sortit de là, dévastée, et se dit que si personne ne l'avait crue aujourd'hui, personne ne la croirait jamais.

De toute façon, elle n'aurait pas la force de les contredire. Les entendre sous-entendre que c'était une relation consentie était déjà assez pour la plonger dans un état second, elle n'était ensuite tout bonnement plus capable d'entendre et de réagir.

Elle était comme transportée dans un autre monde, elle volait, comme elle avait volé hors de son corps pendant que ce fou lui arrachait ce qu'elle avait de plus cher.

Il lui avait fait du mal et continuait encore à la faire souffrir.

Célia comprit que désormais, ce serait elle contre le monde entier et que de toute façon elle n'avait pas d'autre choix que de faire comme si rien ne s'était passé.

De retour du planning, Célia croisa Faustine et lui dit que tout était arrangé, Faustine ne chercha pas plus.

À la fin des cours, Tom était là avec sa moto et attendait Célia comme bien souvent.

« Toi ça va pas, qu'est-ce qu'il y a ?

— Non rien !

— Non non, tu ne vas pas me faire croire ça, il s'est passé quelque chose, je te sens vraiment bizarre, c'est à cause de la dernière fois quand je t'ai embrassé ?

— Non !

— Ouf ! tu me rassures, je me suis dit, si je te fais cet effet-là, je dois prendre un rendez-vous d'urgence chez un dentiste !

Célia parle-moi, je suis là pour toi tu sais, et ça sans condition !

— Je ne peux pas, Tom, c'est trop difficile ! »

Célia partit prendre son bus en le laissant là.

De retour chez elle, Célia se terra dans sa chambre, et d'un coup, elle entendit parler devant sa fenêtre, elle s'approcha et regarda, et vit le monstre devant chez elle avec un autre garçon, ils parlaient fort.

Célia se tétanisa, et se laissa glisser contre le mur de sa chambre jusqu'au sol, elle était totalement paniquée.

Elle rampa jusqu'au chevet de son lit pour prendre son téléphone, et envoya un message à Tom.

« J'ai peur ». Son téléphone sonna immédiatement, mais Célia était effrayée, elle éteignit son téléphone.

Dans la soirée, elle ralluma son téléphone et vit que Tom l'avait appelé quatre fois.

Le lendemain, en sortant de chez elle, elle fut surprise de voir que Tom l'attendait devant chez elle,

Il avait rapporté un casque pour elle : « Allez, monte ! » Célia monta, et s'accrocha à lui, elle sentit tout d'un coup comment Tom était grand et fort, et cette assurance fit qu'elle eut à ce moment-là totalement confiance en lui.

Il s'arrêta à mi-chemin du lycée, près de la mer, et Célia se confia, difficilement, mais elle lui dit tout.

Tom était rouge de rage et de colère, il en pleurait, Célia était touchée de le voir ainsi ému.

C'était la première fois qu'elle sentit vraiment qu'on l'avait entendue et comprise.

« Il habite où ? Tu le connais ? Je vais le tuer ce salopard !

— Non, s'il te plaît, je veux juste sortir de tout ça, que ça se termine, ne plus avoir peur.

— Eh bien pars, Célia, viens chez moi, ça fait quelques semaines que j'ai mon studio, ben rien à voir avec celui de Maxence, c'est tout pourri à côté, mais je serais là, je te protégerai je te le promets, je ne te laisserai pas !

— Mais je ne sais pas, si nous deux…

— Je ne te demande rien en retour Célia, je veux juste veiller sur toi. Et ne t'inquiète pas tu n'as rien à craindre de moi, je ne te toucherai pas, jamais je n'oserais faire ça, tu le sais j'espère.

— Oui, je sais Tom, c'est d'accord ! Je ne peux pas rester chez moi, j'ai trop peur, je veux partir ! »

Célia était rentrée le jour même, et était allée directement dans le salon voir Monique.

« Maman, j'ai quelque chose à te dire.

J'ai rencontré un garçon… »

Et sans qu'elle s'en aperçoive, Tom était arrivé derrière elle et prit la parole :

« Excusez-moi, madame de venir chez vous ainsi, nous ne nous sommes jamais rencontrés, voilà, je m'appelle Tom cela fait plusieurs mois que je fréquente votre fille, et je suis amoureux d'elle.

Je vis simplement, je travaille dans l'informatique et aujourd'hui, je vous demande la permission pour que Célia vienne vivre avec moi dans mon studio…

— Eh bien, Célia, au moins celui-là sait prendre ses responsabilités, c'est ce que tu veux ?

— Oui maman, mais ne t'inquiète pas, je viendrais vous voir…

— C'est d'accord ! »

Célia était stupéfaite, sa mère avait accepté avec une telle facilité, il est vrai qu'elle allait avoir 18 ans dans un mois, mais tout de même…

Tom l'avait épaté, il avait assuré, elle était convaincue qu'il serait là pour elle. Elle commençait à se dire qu'il serait peut-être bon pour elle de laisser son cœur succomber à son charme.

Il avait beaucoup de qualités qui faisaient de lui l'homme idéal.

Célia prépara un sac avec le strict minimum et elle récupéra ce dont elle avait besoin pour la semaine pour l'école.

Elle était apaisée et n'avait qu'une hâte : partir d'ici, partir de cette ville, partir de ce quartier, et de mettre le plus de distance possible entre elle et ce démon qui venait de briser toute son existence.

En sortant de chez elle avec son sac, Ulrick passa en voiture, et ralentit, puis s'arrêta.

Célia se demanda « mais c'est quoi son délire encore lui ? »

Il ne s'était jamais présenté devant sa porte !

« Célia, viens, s'il te plaît !

— Non, mais ça va pas ?

— Monte dans la voiture !

— Mais t'es fou ?

— Monte, je te dis !

— Ulrick, ça suffit maintenant, on a assez joué tous les deux, mais tu me prends pour qui ?

— C'est qui ce mec ?

— C'est Tom, et ça te regarde pas d'abord, bon ça suffit, va-t'en !

— Célia, si je pars maintenant, tu me reverras plus jamais !

— Pars ! »

Ulrick démarra sa voiture, et partit à toute vitesse, furieux. Célia était là, gênée et confuse, et ne comprenait vraiment pas ce qui avait pu lui passer par la tête.

Tom avait regardé tout cela au loin, et se demandait qui était ce blondinet, et qu'est-ce que ce garçon pouvait bien avoir de si urgent à lui dire pour exiger d'elle qu'elle monte dans sa voiture.

Célia, cette jeune fille qu'il croyait si simple était finalement bien plus complexe, ou c'était tout ce qui l'entourait qui semblait très compliqué.

Tom appela l'un de ses amis qui vint les récupérer en voiture afin d'emporter les sacs de Célia.

C'était la première fois que Célia allait voir l'intimité de Tom, elle connaissait peu de choses de lui, même si elle s'en était fait une bonne idée générale.

Il semblait loyal et il était apprécié par toutes les personnes qu'elle avait rencontrées.

C'est avec beaucoup d'émotions qu'elle franchit la porte du studio, située dans le fond d'une ruelle.

Le logement n'était même pas visible de la rue, il fallait descendre des marches escarpées pour atteindre la petite porte d'entrée qui faisait face à une petite forêt.

Dès la première seconde, elle comprit que ce serait modeste, Tom travaillait depuis peu de temps dans un magasin de multimédia et s'occupait du rayon informatique.

Son grand désir d'autonomie lui avait donné l'envie de prendre son particulier et son goût pour les soirées en aquarium encore plus.

Et le voilà à peine trois semaines après avoir emménagé, conduisant une jeune fille dans sa maison.

Célia passa l'entrée et découvrit une petite cuisine ne possédant que l'élémentaire : un évier et un petit morceau de paillasse, une gazinière et un réfrigérateur.

Il n'y avait pas de table, pas de chaises, mais un vieux matelas au sol adossé à moitié au mur qui faisait office de canapé.

Une petite salle de bain, avec un bac à douche et des toilettes individuelles. Et une chambre sans porte, avec un ensemble lit armoire et chevet.

Il n'y avait pas de machine à laver, pas de télévision, Célia commença à prendre peur, qu'allait-elle faire seule avec un garçon qu'elle connaissait à peine dans de telles conditions ?

Certes, elle n'avait jamais connu le luxe mais chez sa mère elle avait eu tout à sa portée et même si sa mère lui confiait certaines tâches, celle-ci assurait tous ses besoins.

Célia avait toujours ses vêtements propres et repassés, elle jouissait d'un endroit propre et confortable.

L'idée de rentrer chez elle traversa son esprit une demi-seconde, mais les souvenirs terribles de son agression revinrent immédiatement en sa mémoire. Qu'importe sa condition à présent, elle savait qu'elle ne pouvait plus faire marche arrière, désormais c'était chez Tom qu'elle vivrait, il était pour l'heure son seul secours.

Célia se faisait toute petite, elle avait peur de déranger, Tom partait toute la journée travailler et elle n'avait que très peu d'occupation, elle ouvrait ses cahiers, et essayait de réviser, mais son esprit n'était pas tranquille, elle ne parvenait pas à s'apaiser, sa tête bien trop pleine de tous ses problèmes et n'avait que faire du bac.

Elle pensait beaucoup à ses parents, et à Arthur qu'elle n'avait pas eu le temps de dire au revoir.

Elle n'osait pas l'appeler, car elle savait que son frère ne comprendrait pas son choix et il lui était impossible de lui expliquer.

Au lycée, elle n'abordait pas le sujet avec Faustine, cette histoire avait jeté comme un froid entre elles. Sarah, elle, avait appris l'aménagement de Célia chez Tom et était plutôt ravie.

« Je suis contente pour vous deux, tu avais besoin de ça, d'aller de l'avant, maintenant Ulrick sera de l'histoire ancienne.

Tu as de la chance, Tom, c'est quelqu'un de super ! » lui dit-elle très enthousiaste.

Célia bien que sur la réserve, espérait quelle développerait des sentiments forts pour lui, comme ceux qu'elle ressentait pour Ulrick.

Elle était convaincue, il le fallait bien de toute façon au vu de la situation.

De toute façon, Ulrick et elle c'était une histoire impossible. Elle se raisonnait, Tom était le meilleur choix.

Arrivé le week-end, Tom emmena Célia rendre visite à sa famille, et ce fut ainsi chaque week-end.

Monique était aimable avec Tom, et semblait rassurée de voir Célia avec lui. Frédéric, lui, regardait le jeune homme d'un air suspicieux mais ne disait rien.

Arthur, lui, ne parlait presque plus à Célia, il avait pris le départ de sa sœur comme une trahison.

Célia n'osait pas briser la glace, car elle connaissait son frère et savait très bien qu'il lui ferait un interrogatoire si intense, qu'elle en finirait en morceaux.

Célia n'en parlait à personne, même pas à Tom. Les deux jeunes partageaient énormément, discutaient de tous les sujets de société, et refaisaient le monde ensemble.

Célia oubliait un peu ce qui lui était arrivé avec lui, du moins au début, avant que leur relation ne prenne un nouvel angle.

Ils s'étaient embrassés quelques fois déjà, mais jamais Célia en quatre mois qu'elle vivait là-bas, n'avait dormi dans les bras de Tom. Il dormait en grand gentleman sur le matelas qui faisait office de canapé.

Ce soir-là, ils avaient bu un peu, comme c'était le cas très souvent, mais contrairement aux autres soirs, Célia s'endormit de fatigue près de Tom.

Quand elle ouvrit les yeux et qu'elle le vit près d'elle, Célia se mit à crier.

« Célia, chérie, calme-toi, c'est moi ! »

Tom la prit dans ses bras, et Célia s'effondra en larmes : « Je suis désolée Tom, je ne sais pas ce qui m'arrive.

— Comment tu ne sais pas, Célia voyons, arrête de te mentir à toi même, ce qu'il y a c'est qu'un connard t'a violée, mais tu te caches la vérité, tu ne peux pas faire comme si rien ne s'était passé !

— Non, je ne veux pas parler de ça !

— Ce n'est pas en évitant le sujet que tu iras mieux. Il faut que tu te fasses aider, vois un psychologue. Célia je fais le maximum pour que tu te sentes bien, vraiment, mais là je commence à me sentir dépassé. Mes sentiments pour toi sont clairs, je t'aime, et je patienterais le temps qu'il faut, mais je refuse de rester là, à te regarder souffrir.

— Tom je ne peux pas en parler, j'ai trop peur.

— Peur de quoi Célia ? Il ne peut plus te faire de mal.

— J'ai peur qu'on l'apprenne, qu'est-ce qu'on va dire de moi, personne ne me croira, on va penser que c'est de ma faute et que je l'ai bien cherché.

— Mais personne ne pensera ça. Je te crois, les autres te croiront aussi.

— Je ne peux pas Tom, s'il te plaît ne me force pas à en parler.

Célia ce n'est pas possible, je suis désolé, vois quelqu'un ou je serais obligé de le dire à ta famille.

— Quoi ? Mais pourquoi tu me fais ça ?

— C'est pour ton bien Célia, je t'entends pleurer dans ton sommeil, parfois je prends ta main et tu sursautes. Je le vois bien que quand tu souris, tu n'es pas vraiment là, tu n'es plus la même.

Et quand tu bois, ton visage devient si triste, qu'aucune peinture n'est aussi sombre que toi.

Tu es à fleur de peau, un mot et tu es en larmes. Tu ne vas pas bien, je ne peux pas dire que je t'aime et te laisser comme ça. »

Célia pleurait à chaudes larmes, et Tom essaya de la ramener près d'elle, entre ses bras, mais contre sa propre volonté, le corps de Célia ne se laissait pas faire, elle n'arrivait pas à se laisser enlacer, ses mécanismes de défense étaient en éveil.

Célia pleurait car elle savait que Tom avait raison, elle ne pourrait plus jamais être la même, et elle se sentait si mal, si sale, elle aurait voulu que la terre l'ensevelisse.

Elle avait tenté depuis quatre mois de dissimuler son mal, mais Tom avait raison, si elle était parvenue à duper ses amies, elle n'avait pas trompé son âme.

Celle-ci souffrait profondément, et bien que cela l'effrayait, il était temps pour elle de se rendre à l'évidence : rien n'effacera le traumatisme.

Les semaines qui suivirent, Célia prit rendez-vous avec le centre médico-psychologique, et cela bien qu'elle avait de l'appréhension et craignait de tomber là-bas sur quelqu'un qui la reconnaîtrait.

Au moment de rentrer dans la salle, elle se cacha un peu le visage sous son capuchon et s'assit dans un coin.

« Mademoiselle Lebon ! appela la secrétaire.

— Oui, c'est moi, répondit Célia timidement.

— Levez-vous, c'est à vous ! et elle la dirigea vers la porte du fond.

— Entrez ! Bonjour, je m'appelle monsieur Sky ! »

Célia ne l'écoutait pas, elle regardait son immense bureau, tout blanc, et les chaises rouges, ce cabinet semblait si chic dénotait complètement du reste du décor de la salle d'attente.

« Asseyez-vous. Alors, pourquoi êtes-vous venue ?

Pourquoi êtes-vous venue ? insista-t-il.

— Cela me gêne beaucoup d'en parler ainsi.

— Eh bien vous êtes venue pour cela il me semble, alors autant aller dans le vif du sujet.

— Eh bien, je viens car j'ai été victime d'une agression, et j'ai beaucoup de mal à m'en remettre !

— Une agression, c'est-à-dire, soyez plus précise, s'il vous plaît.

— J'ai été, euh, on m'a, euh…

— Oui ! Quoi donc ?

— Violée ! »

Célia tremblait comme une feuille sur sa chaise, en chiffonnant ses vêtements.

« Ah, violée, vous avez eu des rapports complets ? C'était contre votre volonté, vous connaissiez la personne, vous a-t-elle menacée ? »

Les questions pleuvaient dans tous les sens, Célia se noyait sous elles.

« Vous savez, je comprends ce que vous ressentez, un jour dans un avion, on a essayé de me subtiliser mon portefeuille, je me suis senti violé, à ce moment-là ».

À ces mots, c'en était trop pour Célia : elle se leva, prit son sac, et sortit en courant.

En arrivant chez Tom, elle était en pleurs.

« Il a osé dire qu'il s'était senti violé lorsque quelqu'un avait essayé de lui voler son portefeuille, mais tu te rends compte, plus jamais je ne partirai là-bas !

Comme si c'était comparable ! Il n'a pas senti qu'il allait perdre sa vie, il ne s'est pas senti privé de ses droits, de ses choix, il ne s'est pas fait arracher sa dignité, sa pudeur ! Il ne s'est pas retrouvé comme du gibier ! »

Célia s'agitait dans le petit appartement, ses mots virevoltant dans tous les sens, le visage crispé et humide.

Tom était là à l'écouter, et accuser le coup de cette défaite.

« Tu te rends compte, il n'a rien compris cet homme, il croit que se faire violer c'est ça. Mais il se prend pour qui ?

Il m'a humiliée, je me sens humiliée, je me sens incomprise, tellement !

— Je suis désolé, Célia. Viens, viens là ! »

Tom la prit dans ses bras, et tout doucement l'un contre l'autre, Célia finit par s'apaiser.

Il lui proposa un verre de rhum et elle accepta aussitôt.

Ces derniers mois, il était fréquent que Célia boive un verre ou deux chaque jour, mais ces derniers jours encore plus.

Tom ne cherchait pas à l'enivrer mais il voyait bien que Célia avait besoin de relâcher la pression, alors il l'aidait comme il le pouvait, et comme lui-même avait cette habitude, il était très simple pour lui de proposer la même chose à Célia.

Le père de Tom était mort quand il était en bas âge dans un incendie.

Son père était un pompier, un homme formidable, charismatique et très apprécié des femmes, c'était un Don Juan.

Tom avait beaucoup recherché une figure paternelle sans jamais arriver à la trouver, et c'est dans ses amitiés qu'il avait réussi à compenser son manque.

Il ne l'avouerait jamais que son père lui manquait et pourtant c'était bien le cas.

Bien qu'il ne savait pas exactement ce que traversait Célia, il savait ce que c'était que d'avoir un secret qu'on ne voulait partager avec personne, une blessure que l'on ne veut pas mettre en lumière.

Cette honte d'être démasqué dans ses émotions bien qu'elle soit légitime.

C'est une sorte de pudeur, il ne fallait que personne perçoive sa douleur, l'idée que l'on sache qu'il éprouvait de la souffrance était intenable tout comme pour Célia.

Tom avait bien cerné la situation, Célia désirait que cette histoire fonde comme neige au soleil et que celle-ci ne laisse aucune trace.

Le plus important pour elle était de dissimuler tout cela.

Néanmoins la tâche était ardue car ce qui s'était passé n'était pas anodin, Célia aurait pu porter plainte, il aurait été question de procès et peut-être même de prison pour son agresseur.

Tom essayait de temps en temps de faire part de cela à Célia, mais celle-ci se mettait toujours dans des états inimaginables.

Le simple fait d'imaginer ramener cette histoire à la surface la rendait dingue.

Célia ne pensait pas à la justice, elle ne voulait que réussir à sauver son honneur et puis celui de ses parents. Pour elle cela serait une source d'humiliation pour toute sa famille. Elle ne serait que coupable aux yeux de tous. Toute sa vie serait scrutée à la loupe, toutes ses erreurs, tous ses manquements.

Les mœurs de ses parents, leur éducation, tout serait sujet à débat et elle ne le voulait pas.

Dans les petites villes de l'île tout le monde se connaît, bien souvent l'on travaille toute sa vie les uns à côté des autres, rien ne s'oublie.

Et pour l'heure, elle, la seule chose qu'elle voulait s'était oublier.

De jour en jour, Célia se mit à boire de plus en plus, et dans la tiédeur de ses états d'ivresse, elle tentait d'oublier tout le mal qu'elle avait traversé.

Dans les bras de Tom, peu à peu chaque jour davantage, elle laissait aller son cœur et son corps, et leur amour finit par s'étendre dans les sphères du monde physique.

Célia se sentait de plus en plus en confiance et arrivait à chasser les images du passé, elle s'en créait de nouvelles avec son compagnon.

Certes, elle ne se rendait pas compte du jeu de son corps, de ses bras qui repoussaient Tom, de ses jambes qui se fermaient tels des étaux sur lui, de ses ongles dans sa chair et de ses morsures dans son cou.

Tom, lui, y voyait l'expression de son animalité, il pensait que c'était ainsi qu'elle exprimait ses pulsions sauvages.

Célia n'en avait en fait aucun souvenir, elle ne le percevait pas, c'était au-delà d'elle.

Le temps fit son œuvre et l'éloignement surtout. Célia avait obtenu son bac de justesse, et Tom et elle s'étaient installés près de l'université dans une résidence pour étudiants, Célia voyait très peu ses parents, et prétextait qu'elle avait beaucoup de travail dans sa classe d'histoire.

Arthur était à l'université lui aussi, il vivait en colocation avec un camarade de classe pas très loin de la résidence de Célia, mais ils ne se fréquentaient plus beaucoup, de temps en temps ils se voyaient dans la cour du bahut, et se saluaient à peine. Il était, lui, en classe de droit et avait fait la rencontre de Laure qui était depuis peu sa petite amie.

Célia était heureuse à première vue, elle était constamment avec Tom qui avait cessé de travailler et était dans une phase un peu compliquée où il se remettait en question.

Célia allait à la fac pour obtenir sa bourse mais n'en avait que faire des cours et passait plus de temps à jouer au billard avec son petit ami dans le bar près de l'université.

Ils avaient tous les deux leurs petites habitudes, ils avaient arrêté les soirées entre amis depuis longtemps, maintenant leurs soirées c'était en tête à tête.

Ils fumaient leurs pétards, prenaient deux ou trois verres de rhum en regardant un film.

Quelquefois, ils s'amusaient à refaire le monde, ils rêvaient, ils s'imaginaient partant à l'aventure, à la découverte du monde.

Tom écoutait Célia parler, et il voyait ses yeux briller, il se rendait compte combien celle-ci avait des rêves alors que lui finalement ne rêvait de rien.

« Qu'est-ce qu'il y a, Tom, ça ne va pas ?

— Je me demande juste ce que tu fais encore avec moi ?

— Pourquoi tu dis ça ?

— Tu te vois continuer à passer ta vie à fumer et à boire ? Célia, tu vaux mieux que ça !

— Si c'est bien pour toi, ça l'est aussi pour moi !

Pourquoi tout à coup toutes ces questions ?

— J'ai vu Arthur hier quand je suis allé chercher des cigarettes.

— Et alors ?

— Il m'accuse d'avoir gâché ta vie, j'y réfléchis, et je pense qu'il n'a pas tort au fond.

— Quoi ? Non mais... attends, je vais aller le voir !

— Le voir pourquoi, Célia ? Pour lui dire qu'il a raison, que depuis que tu me connais tu bois, tu fumes, et que tu ne pars même plus en cours !

— Ce n'est pas toi le responsable !

— Alors que vas-tu lui dire ?

— La vérité !

— Arrête, ça fait deux ans, tu n'en as parlé à personne, tu ne le feras pas !

— La vérité, c'est que je suis bien comme ça, que je suis heureuse !

— Si tu l'étais, tu n'aurais pas honte de moi, tu n'oses même plus fréquenter tes amies, voir ta famille !

On est enfermé dans ce studio en longueur de journée.

— Tu exagères, Tom. Tu es aussi responsable de ça que moi !

Je ne sors pas, car c'est notre vie, c'est comme ça que ça a toujours été, tu ne travailles plus, on vit de ma bourse, où veux-tu qu'on aille ?

— Je ne dis pas le contraire, justement, c'est de ma faute, je vois bien que je ne te facilite pas la vie Célia, ce n'est pas comme ça que tu vas t'en sortir, je suis un boulet pour toi !

— Mais qu'est-ce qui te prend, on était bien, pourquoi tu veux tout gâcher là ?

— Tu essaies de faire comme si tout va bien mais tu sais bien que non. Tu parles, tu as des rêves plein la tête, tu as la possibilité de faire des études, tu peux entreprendre mille choses Célia, et tu restes là enfermée à boire du rhum avec moi, je ne suis pas d'accord, et Arthur a raison, si je t'aime vraiment, ce n'est pas ce que je souhaite pour toi !

— Et quoi, alors, tu vas me quitter, tu vas partir ? Mais je ne sais pas vivre sans toi ! »

Célia était en larmes, Tom au pied du mur, quand il avait commencé sur ce sujet, il ne s'imaginait pas faire ses bagages pour partir.

Il avait peur tout à coup pour elle, car il avait été comme une bouée qui l'avait empêchée pendant tout ce temps de se noyer, mais voilà à trop vouloir lui tirer la tête hors de l'eau Célia s'était accrochée à cette bouée et n'avait plus eu l'envie d'apprendre à suffire à elle-même et assurer sa propre survie.

Tom en avait pris conscience à trop vouloir la protéger, il l'avait maintenue hors du monde.

Et quelque part lui-même, il s'était retiré du monde aussi. De toute évidence, l'un, l'autre, ils ne se faisaient pas du bien.

Il l'aimait à sa façon, ce petit être fragile, cette petite beauté, ce petit cœur de femme.

Il lui souhaitait tant de bonheur, il voudrait tant la voir s'épanouir, réussir, s'embellir aux yeux de tous, n'avoir à rougir de rien et de personne.

Il se disait après tout que s'il n'était pas à l'heure d'aujourd'hui l'homme qui lui fallait, s'il ne pouvait être un compagnon en qui elle trouverait de la fierté, il pouvait le devenir, reprendre là où il s'était arrêté.

Tom avait mûri d'un coup, Arthur avait travaillé tant de choses en lui, il avait réussi à faire éclater la bulle qu'il s'était créée avec Célia, celle qui les gardait hors du monde.

Célia n'était à l'évidence pas prête du tout pour cela, elle ne s'y attendait tellement pas.

Elle en voulait à Arthur de s'en être mêlé, elle en voulait au monde entier.

Elle ne connaissait plus rien de ce monde, son monde c'était Tom.

Mais voici qu'il prenait son sac, et quelques affaires, et qu'il partait.

Célia était seule dans son petit studio, et elle avait peur, si peur. Cette angoisse, cette oppression était là, encore après deux ans.

Elle était furieuse, elle sortit et alla voir Arthur à son appartement.

Après avoir frappé à la porte longtemps, Arthur apparut enfin à la porte.

« Ça va pas ? Pourquoi tu frappes comme une dingue ?

— Tu es content, il est parti, il m'a laissée !

— Ah, OK ! Ben écoute, ce n'est pas moi qui lui ai dit de partir, je lui ai juste dit qu'il ne s'occupait pas bien de toi, c'est tout !

— Et tu es qui pour lui dire ça, qu'est-ce que t'en sais ?

— Célia, tu crois que je ne vois pas votre manège ?

— Tu ne vas même pas à la fac, tu ne viens même plus le week-end voir maman et papa !

Et tu t'es vue ? On dirait un zombie, tu manges au moins ? Tu es maigre !

— Mais en quoi ça te regarde !

— Mais tu vois, ton comportement ce n'est pas celui de quelqu'un d'équilibré, reprends-toi !

C'est toi qui es partie du jour au lendemain, en me laissant, je te signale, tu n'as même pas pris la peine de m'avertir. Et tu voulais quoi ? Pourquoi tu as fait ça ? Je croyais qu'on était comme les deux doigts de la main toi et moi.

Écoute, arrête de pleurer, viens, entre, on va discuter à l'intérieur.

— Non, je m'en vais.

— Non, Célia, que tu le veuilles ou non tu entres, je te préviens, sinon j'appelle les parents.

— Tu me saoules Arthur, tu sais ça ! » Célia entra à contrecœur, mais arrivée dans l'appartement, elle se sentit tout de suite à l'aise, retrouver un endroit à l'abri l'apaisa.

Arthur lui donna un jus de fruits à boire, et lui parla longuement et il lui dit tout ce qu'il avait sur son cœur.

« Je t'aime Célia, même si ton départ m'a fait beaucoup de mal, je t'en ai voulu, mais tu es ma sœur.

Je te vois décliner de jour en jour depuis que tu es arrivée sur le campus, je ne te vois jamais en cours, mais par contre dès que je viens au bar tu es là.

Tu bois ! N'essaie pas de nier, je le sais !

Célia parle-moi, pourquoi gâches-tu ta vie comme ça ?

— Je ne peux pas te le dire, je n'y arriverais pas, désolée !

— Alors ne me dis rien, mais change, car si je vois que ça ne change pas, je ne te laisserai pas comme ça, tu m'as entendu ?

— D'accord. »

La musique était forte, et beaucoup de jeunes étaient sur la piste en train de danser, Célia elle aussi dansait et scrutait l'entrée de la boîte de nuit.

Elle attendait Faustine et Sarah, les filles lui avaient donné rendez-vous ici, et Arthur avait accepté de l'accompagner.

Cela faisait plusieurs semaines que Célia était maintenant seule dans son studio, elle avait repris contact avec ses anciennes copines.

Arthur était très présent pour elle, bien qu'il ne comprenait pas très bien sa sœur, et avait à faire à un animal sauvage, il était heureux d'avoir de nouveau la primeur de s'occuper d'elle.

Elles étaient arrivées, belles et souriantes, magnifiques, Sarah portait une robe portefeuille bleu nuit pailleté, et Faustine une combinaison short noire.

Célia elle, portait, un jean bleu et un top argenté, elle se sentait midinette à côté de ces deux belles dames.

« Célia ma chérie, lança Sarah en l'enlaçant.

— Miss », cria Faustine en la serrant dans ses bras.

La soirée pouvait enfin commencer, Faustine comme autrefois les greffa à une table d'amis, et ils se mirent à boire à l'œil.

Célia ne prit qu'un verre, Arthur la surveillait, et il lui avait fait promettre qu'elle ne se saoulerait pas.

Les filles s'amusèrent bien, elles dansèrent ensemble, partagèrent des souvenirs et des anecdotes.

Célia leur raconta un peu son histoire avec Tom, elle en fit une version tout à fait présentable et crédible.

« Je suis désolée que ça n'ait pas marché entre vous Célia, lui murmura Sarah. C'est un gentil garçon, mais c'est vrai que ce n'est pas le meilleur des partis », rajouta-t-elle.

Célia n'osa rien dire de plus, il était mieux pour elle de les laisser croire ce qu'elles voulaient.

En fin de soirée au moment de partir, Arthur vint rejoindre Célia, mais celle-ci était partie un instant aux toilettes.

Il était en compagnie de Faustine et Sarah et attendait que Célia revienne.

Et c'est là que Faustine lui dit : « Je suis heureuse de voir que Célia s'est bien remise de tout ça…

— Oh ! Oui moi aussi ! » répondit Arthur, en pensant que Faustine faisait allusion de sa rupture avec Tom.

« Certaines victimes de viol ne se remettent jamais de ce traumatisme, elle a de la chance d'avoir sa famille pour la soutenir. »

Arthur n'en croyait pas ses oreilles, mais il ne manifesta pas son étonnement, sa stupéfaction, il resta stoïque.

Il se répétait dans sa tête : « Non, j'ai mal entendu », mais en écoutant Faustine, il était clair qu'il avait bien entendu.

« J'aurais voulu l'aider vraiment, mais je ne savais pas quoi faire, je n'avais jamais été confronté à ça, je ne sais même pas comment l'aborder avec elle ! continua Faustine.

— Tais-toi, elle arrive », lui dit Sarah.

Célia arriva parmi eux, sans se douter une seule seconde que son secret venait d'éclater en pleine nuit.

Elle pensait que Faustine ne l'avait pas crue, et qu'elle avait rangé sa confession aux oubliettes, et après deux ans sans se voir, elle croyait que cette histoire ne sortirait pas du placard.

Ce soir-là, Arthur ne dit rien, sa sœur avait le sourire pour la première fois depuis bien longtemps.

Il resta dans son studio avec elle, il se mit dans un sac de couchage sur le tapis par terre.

Il ne réussit pas à fermer l'œil de la nuit, il refaisait le film de ces deux dernières années dans sa tête.

Il voulait comprendre, il serait arrivé quelque chose de si grave sans qu'il le sache.

Arthur s'en voulait terriblement, comment avait-il pu ne pas le voir ?

Tous ces changements chez Célia, pourquoi n'avait-il rien vu, rien compris ?

Au petit matin, il était toujours plongé dans ses souvenirs, et se demandait bien quelle part Tom avait joué dans cette affaire, il se demandait aussi si Ulrick avait quelque chose à voir là-dedans.

Il tentait de remonter le temps, il aurait aimé y parvenir, si seulement il avait été là, si seulement il avait su, il n'aurait pas laissé sa petite sœur se détruire ainsi.

Car oui, il le voyait bien qu'elle n'était plus la même et cela depuis des mois, elle qui, enfant était si solaire, elle n'était plus qu'un astéroïde écrasé, brisé dans sa course folle.

Les traits de son visage avaient changé, ses zygomatiques semblaient avoir succombé à la gravité, ses si beaux cheveux étaient devenus ternes.

Il la regardait dormir, et s'imaginait le pire des scénarios, il se battait contre toutes les tentatives de reconstruction que son cerveau tentait de faire.

Il se demandait comment elle avait fait pour garder ce secret si longtemps, et combien elle avait dû souffrir.

Il désirait la réveiller et lui poser tant de questions, mais en même temps il avait peur, elle était si fragile, et si aujourd'hui il lui apprenait qu'il savait la vérité, n'allait-il pas l'achever tout à coup ?

Il commençait à peine à recréer du lien avec elle, que devait-il faire ?

Il prit le téléphone de Célia, son code secret n'était pas bien difficile à trouver, Célia était d'une telle simplicité, le premier essai fut le bon, zéro zéro zéro zéro.

Il commença à fouiller dans son répertoire, et il trouva le numéro de Tom qu'il enregistra dans ses contacts, puis le numéro de Faustine.

Arthur voulait connaître la vérité sans avoir à confronter Célia, il préférait mener son enquête.

Célia dormait à poings fermés, Arthur se mit un peu à l'écart, à la porte du studio, et il appela Tom, il était tôt, 8 heures du matin, mais il n'en pouvait plus d'attendre, il avait besoin de savoir ;

« Allô ?

— Tom, c'est Arthur !

— Qu'est-ce qui est arrivé à Célia ?

— Non, rien, elle va bien, elle dort !

— Qu'est-ce que tu me veux à cette heure-là alors ? Tu m'as fait peur !

— J'ai besoin que tu me répondes à certaines questions !

— Quelles questions ?

— Qu'est-ce qui s'est passé il y a deux ans ?

— Ce n'est pas à moi qu'il faut poser cette question mais à Célia !

— Je ne veux pas lui imposer un interrogatoire, alors c'est mieux que tu me le dises.

— Je ne peux pas te le dire, Célia n'apprécierait pas !

— J'ai eu des informations, j'aimerais juste que tu me les complètes, c'est tout !

— Quelles infos ?

— Elle a été violée !

— Écoute, ce n'est pas avec moi qu'il faut en parler, c'est avec elle, et puis c'est un sujet trop grave pour en parler au téléphone.

Tchao ! »

Tom avait raccroché. Arthur restait là, devant son téléphone mobile et ne savait plus quoi faire.

Quand il releva la tête, il vit que Célia était immobile sur son lit, les yeux grands ouverts, pétrifiés.

Elle s'était réveillée durant la conversation et avait compris qu'Arthur savait tout, ses larmes n'avaient pas réussi à se frayer un chemin jusqu'à ses joues, elles étaient restées solidement accrochées à la paroi de ses paupières.

Célia ne voulait pas laisser ses larmes couler, pas là, pas maintenant, pas devant son frère.

Elle avait tout fait, tout mis en œuvre pour éviter que cela ne se sache.

Elle aurait tout donné pour qu'Arthur ne l'apprenne jamais, et elle était là, devant lui, dévoilée, démasquée.

C'était comme si tout à coup son monde s'était déchiré, comme si les gouffres de la terre s'étaient révélés, mais elle se figeait dans le temps en espérant qu'il s'en aille, que jamais il ne se souvienne de ce qu'il venait de dire.

Elle aurait voulu pouvoir faire semblant de n'avoir rien entendu, mais c'était trop tard, ils étaient l'un l'autre face-à-face, les regards plongés dans le grand vide de leur stupéfaction.

Tous les deux venaient de se faire prendre, et tous deux ne savaient plus comment se sauver.

« Je suis désolé, Célia !

— C'est moi qui suis désolée, Arthur ! »

Il s'approcha d'elle et s'assit à ses côtés, il la prit dans ses bras, elle restait là flottante, tel un roseau agité dans ses pensées sombres.

« Comment l'as-tu su ?

— Faustine… elle croyait que je le savais !

— Ah !

— Raconte-moi Célia !

— C'était il y a longtemps maintenant, c'est du passé !

— Comment ça, c'est du passé ? Je vois bien que tu souffres, que tu n'es plus la même !

Qui t'a fait ça, que je lui règle son compte, c'est Ulrick ?

— Jamais, voyons, Ulrick est quelqu'un de bien, jamais il m'aurait fait ça !

— Alors c'est qui ?

Je ne sais pas comment il s'appelle, il habitait avant pas très loin de chez nous, ils avaient déménagé, je ne sais pas ce qu'il faisait là, je ne l'avais plus vu depuis des années !

— Je vois, raconte-moi !

— Comment tu veux que je te raconte ? » Célia se leva, et partit s'asseoir dans un autre coin du studio.

Ses larmes avaient fait le grand saut et son cœur s'était emballé, tout ce qu'elle craignait se produisait à l'instant, il fallait qu'elle mette des mots sur cette nuit qu'elle avait essayé durant vingt-quatre mois d'oublier.

Que devait-elle lui dire, à son frère, qu'attendait-il d'elle ?

Voulait-il entendre combien elle avait eu peu peur, ou à quel point elle avait eu mal ?

À quel degré elle s'est sentie salie, et en combien de temps elle penserait que ce triste jour cesserait de l'empêcher de vivre.

Célia n'avait aucune de ces réponses, car il lui était impossible de se laisser aller. À s'écouter, elle se taisait envers elle-même, elle ne voulait pas regarder de plus près ce qui s'était passé, elle se contentait de survivre, de passer chaque jour qui venait du mieux qu'elle le pouvait.

Elle profitait de ces joies éphémères à chaque fois qu'elle en avait l'occasion, croyant un bref instant qu'elle avait réussi à fuir son histoire.

Et voilà qu'elle était là devant elle, cette histoire, qui lui faisait honte.

Arthur était là, il la regardait, elle ressemblait à une petite bête apeurée, il ne savait pas ce qu'elle pouvait craindre encore, de quoi pouvait-elle avoir encore peur ? Il dit :

« Je suis là Célia.

— Et tu es là dans mes cauchemars ? Quand je le vois me poursuivre, et qu'il m'étrangle, et que je vois mon corps se recouvrir de terre entièrement ?

— Que dis-tu ?

— Non, rien, laisse-moi, va-t'en s'il te plaît, tu reviendras demain, d'accord, j'ai besoin de me reposer !

— Non, je ne peux pas partir, je dois savoir !

— Mais savoir quoi ? Que faut-il que je te dise pour que tu me laisses ? Tu ne me crois pas ?

— Tu ne m'as encore rien dit…

— Il m'a attrapée alors que je rentrais à la maison, il m'a traînée par terre, et il m'a déshabillée.

— Comment, comment, il a pu te déshabiller ? Tu étais habillée comment ? »

Le sol s'était ouvert sous ses pieds, Célia sombrait, de toutes les questions de la terre, celle-ci venait de la salir comme jamais.

« Quoi, comment j'étais habillée ? J'avais un pantalon si tu veux savoir !

— Alors comment il a fait !

— Sa main sur mon cou pendant qu'il m'étranglait ! Je n'ai pas eu le temps de comprendre comment il a fait ! Va-t'en je ne veux plus en parler !

— Célia, ce n'est pas contre toi, j'ai juste besoin de comprendre !

— Et moi tu crois que je n'ai pas envie de comprendre pourquoi ça m'est arrivé, tous les jours je me demande ce que j'ai fait pour mériter ça !

— Je suis désolé !

— Laisse-moi, tu viens avec toutes tes questions, comme si j'avais des réponses, tu crois que c'est facile pour moi de me rappeler tout ça ! »

Elle ouvrit la porte et le fit sortir, son cœur était brisé, et les jours qui suivirent, Célia resta dans son studio, et ne répondit plus au téléphone.

Arthur passait régulièrement sonner à sa porte, mais elle ne l'ouvrait pas.

À force d'inquiétude, il finit par appeler Tom pour lui dire que Célia n'allait pas bien.

Tom passa la voir, à peine avait-il prononcé un mot que Célia ouvrit la porte immédiatement.

Le revoir lui fit un grand bien, ils discutaient de tout et de rien, comme autrefois.

Pas une seule fois, il ne lui parla de tout ça, il la connaissait bien depuis toutes ces années, et savait comment elle fonctionnait.

La nuit tombée, ils burent ensemble un verre, puis deux, puis trois et très vite les deux amants retrouvèrent leurs marques comme si Tom n'avait jamais quitté le studio.

Les jours passèrent ainsi, Tom était revenu s'installer, et Célia commençait à ressentir vraiment de l'amour pour lui. Son absence avait été difficile à supporter, il lui avait manqué et maintenant qu'il était de retour, elle se sentait rassurée.

Elle ne voyait plus Arthur, à peine elle le croisait qu'elle changeait de direction.

Arthur lui, de son côté était tout autant troublé, de toute évidence, il ne savait pas comment aider Célia, pire même il lui faisait du mal à s'acharner.

Il décida de laisser Tom faire, de toute évidence le jeune homme savait y faire avec elle et arrivait à la maintenir la tête hors de l'eau.

Célia avait redoublé son année, Tom avait repris son ancien poste de vendeur en informatique.

Le jeune couple était plein de projets, Tom avait envie d'emmener Célia en Espagne, lui faire découvrir le monde de la nuit, eux qui aimaient tellement les apéros.

Célia restait à la fac par facilité, mais elle se désintéressait complètement de ses cours.

Elle aimait passait ses week-ends en boîte, et en semaine elle faisait toujours ses petites soirées à la maison.

Dès le lever du soleil, Célia tremblait déjà, il lui fallait une petite bière pour démarrer la journée.

Un matin, elle se rendit devant la fac afin de récupérer des documents administratifs et quelle ne fût pas sa surprise de voir Ulrick devant le bâtiment.

Célia tenta de faire demi-tour mais il était trop tard.

« Eh Célia, eh ben qu'est-ce que tu fais, tu rebrousses chemin, tu essaies pas de m'éviter par hasard ?

— Euh non, quelle idée, j'ai juste oublié des documents très importants chez moi, je retourne les chercher !

— Ah d'accord. Ben, écoute, je reste là toute la matinée, j'espère que j'aurais le plaisir de discuter un peu avec toi ! »

Célia était stupéfaite et ressentait divers sentiments contradictoires, cela faisait si longtemps qu'elle ne l'avait pas vu.

Elle s'éloigna de lui, mais ne cessait de se retourner pour le regarder, et à chaque fois il s'était lui aussi retourné à la regarder partir.

Elle hésita un instant, et fit marche arrière.

« Finalement ce n'est pas si important, j'irais une autre fois, tu fais quoi là ? T'as le temps ? On peut boire un café si tu veux ?

— Ben, écoute, j'ai rien de spécial à faire en fait, j'étais juste venu déposer un ami. Je suis OK pour un café ! »

Ils passèrent deux bonnes heures à discuter à la terrasse du bar, Célia lui raconta sa première année d'étude foirée, sa vie avec Tom dans les grandes lignes.

Ulrick lui parla de sa carrière professionnelle en tant que pigiste, elle apprit qu'il avait déménagé et que désormais il avait son appartement à Saint-Denis.

Célia le regardait avec des yeux captivés, tout ce qu'il disait semblait tellement parfait.

« Eh bien, quelle coïncidence de se retrouver aujourd'hui !

— En fait, pour être honnête, j'espérais te voir, je pense souvent à toi ! »

Célia avait un coup de chaud, elle ne comprenait pas ce qui se passait à l'instant. Ulrick lui prit les mains et lui dit :

« J'ai essayé de ne plus penser à toi, tout ce temps, je me disais que notre histoire n'avait pas été réelle et que je finirais par t'effacer de ma tête, eh bien je n'y suis pas parvenu, je crois que je ne t'ai pas couru après quand il l'aurait fallu, je crois que je n'ai pas réalisé la chance que j'avais de t'avoir dans ma vie. »

Célia était sous le choc et elle n'arrivait pas à sortir le moindre son de sa bouche.

Elle l'avait tellement souhaité dans sa vie entendre ces mots-là.

« Ulrick qu'essaies-tu de me dire, tu ne veux quand même pas me faire croire qu'il t'a fallu deux ans pour venir t'excuser ?

— M'excuser ? Euh, non, je ne suis pas venu m'excuser, nous avions nos torts tous les deux.

Je n'ai pas eu assez confiance en toi, je crois !

— Et ?

— Je ne sais pas si je t'aime, je ne pourrais pas le dire, mais je sais que tu me manques, tu es comme un meuble dans ma vie tu sais, quand tu pars tu emmènes tous tes meubles avec toi. Eh bien, toi c'est pareil, je suis parti, mais tu me manques, tu es comme un morceau de chez moi qui a disparu.

— Tout ce que tu me dis est étrange, je ne sais comment il faut le prendre… »

Ulrick se leva et se pencha vers elle, et déposa un baiser sur ses lèvres.

Le cœur de Célia se décrocha de sa poitrine, ça y est, il était trop tard, Ulrick avait provoqué un tsunami dans ses sentiments.

Elle sentit immédiatement sa peau sèche, la rugosité de ces lèvres qu'elle avait tant aimées, et ce parfum qu'elle reconnaîtrait entre mille.

Serait-il possible qu'après tout ce temps, elle l'aime toujours ? Célia était perdue et embarrassée, elle pensait à Tom qui l'attendait dans le studio.

« Je vois bien que mon baiser ne te laisse pas indifférente. Célia, est-il possible que je te manque aussi ?

J'aimerais te prendre dans mes bras, j'aimerais voir si tous les deux nous sommes toujours en harmonie.

— C'est une plaisanterie Ulrick, tu es venu jusqu'ici pour me faire une farce, c'est ça !

Je n'en reviens pas tu n'aies pas changé, il n'y a que toi qui compte ! Qui veux-tu impressionner, dis-moi, quelles sont tes intentions ?

— Tu es sur la défensive qu'est ce qui t'arrive ?

— Tu crois que tu peux revenir dans ma vie à ta guise et que je vais tout détruire juste parce que tu l'as décidé !

Je suis désolée, mais non, au revoir Ulrick. »

Célia se leva et partit, Ulrick la suivit en voiture, et à quelques mètres de la fac, il s'arrêta, sortit de la voiture, il l'enlaça, et l'embrassa à nouveau !

« J'ai envie de toi !

— Mais tu es fou ? »

Son étreinte lui fit rappeler toutes ces nuits de passion, combien elle était heureuse avec lui, tant de souvenirs qui remontaient d'avant son traumatisme.

En quelques minutes, ils s'embrassaient avec fougue comme jamais auparavant.

Célia s'abandonnait dans ses bras, comme autrefois, comme jamais elle ne l'avait fait depuis.

Ulrick avait réussi en quelques heures à briser tous les murs de son psychisme, il n'était que le rappel d'une vie passée heureuse, où le moindre frôlement n'était que le témoignage de l'ardeur de leur passion !

Jamais elle n'avait réussi à s'abandonner ainsi dans les bras de quiconque, elle en oublia qu'elle était aux abords de l'université.

Elle oubliait tout, Ulrick la rendait amnésique, et s'il lui avait demandé de le suivre à l'instant n'importe où sur la terre, elle l'aurait suivi.

Bien qu'elle aurait voulu rester là, elle réalisa combien sa conduite était indécente.

« Je dois partir !

— Tu reviendras ?

— Non, Ulrick ce n'est pas possible, nous sommes allés trop loin déjà, je ne peux pas faire ça à Tom.

— Tu l'aimes ?

— Je crois oui !

— Tu l'aimes comme moi ?

— Aimé comme je t'ai aimé n'a pas été suffisant Ulrick, non ? Alors il est inutile que j'aime quiconque de cette façon !

— Tu as changé Célia, autrefois, tu te serais battue pour nous ?

— Toi aussi tu as changé, depuis quand tu m'embrasses comme ça en pleine rue ?

— Tu veux tout gâcher, je ne rentrerais pas dans ton jeu !

— Quel jeu, Ulrick ? J'ai arrêté de jouer il y a bien longtemps déjà.

Adieu !

— Tu es bien sûre de ce que tu me dis, Célia, je ne te donnerais pas encore ta chance.

— C'est inutile ! »

Célia s'éloigna, elle ne se retourna pas cette fois-ci, elle marchait fièrement, elle n'avait qu'une hâte c'était de tout raconter à Tom et lui dire qu'elle n'avait pas succombé, qu'elle ne s'était pas laissé faire, que pour une première fois de sa vie elle avait réussi à se dépasser.

Ulrick la regardait, fou de rage, sa fierté venait encore une fois de prendre un coup.

« Que fais-tu là, Ulrick ?

— Tiens, Arthur, toi aussi, tu es ici ?

— Oui oui, mais c'est moi qui t'ai posé une question, que fais-tu là ?

148

— Eh bien, quel accueil, tu n'es pas heureux de me voir ? Décidément dans cette famille, vous avez un grain !

— Ne t'avise pas de parler à Célia c'est compris !

— C'est bon Arthur, j'ai compris, je m'en vais !

— Mais dis-lui au revoir pour moi s'il te plaît, elle va me manquer !

— Je ne lui dirais rien du tout, tu n'as plus rien à faire dans sa vie tu m'entends, laisse là, elle essaie de se reconstruire et elle n'a pas besoin de toi ! »

Ulrick se retourna :

« Se reconstruire de quoi ? Tu parles de moi ? Comme si j'étais un monstre, je ne lui ai rien fait OK, alors arrête tes insinuations.

— Tu n'as pas été là pour elle en tout cas, tu es un vautour, tu sens à chaque fois qu'elle vacille, tu es là !

— Je ne lui ai jamais souhaité le moindre mal !

— Ah bon, c'est pour ça que tu l'as largué comme une chaussette ?

— Demande-lui toi pourquoi on s'est fâché, tu crois que c'est moi le problème, c'est plutôt elle qui ne sait pas se tenir tranquille.

— Que veux-tu dire ?

— Ta sœur, Arthur, elle ne sait pas attendre, patienter, régler une histoire comme tout le monde, non faut qu'elle crée des embrouilles ! Elle est sortie avec mon frère figure toi, il n'y a pas de quoi avoir les nerfs !

— Non, arrête ton baratin, elle n'aurait jamais fait ça !

— Tu crois ? Demande-lui ! C'est bon, je m'en vais, finalement tu m'as passé l'envie de la revoir, t'inquiète pas pour moi, préoccupe-toi plutôt d'elle ! »

Ulrick partit et laissa Arthur dans ses pensées, celui-ci s'interrogeait, connaissait-il sa sœur finalement, savait-il vraiment de quoi elle était capable ou non.

Il alla frapper à la porte du studio de Célia, c'est Tom qui lui ouvrit.

Arthur ne put s'en empêcher, il était plein de colère, il avait fini par croire tout ce que lui avait raconté Ulrick.

« Tom, Célia est où ?

— Elle est sortie se promener un peu !

— Méfie-toi d'elle, je l'ai vu embrasser Ulrick tout à l'heure ! »

Tom resta figé quelques secondes, et puis se dirigea vers le frère de Célia, le prit par le bras et le mit à la porte.

— Non, toi, je ne peux plus voir ta tête, va-t'en !

— Mais écoute au moins ce que j'ai à te dire, Célia nous mène en bateau, je pense qu'elle a vraiment un souci, elle a besoin d'aide !

— Et c'est comme ça que tu veux l'aider toi ? Tu t'es dit : allez je vais débarquer chez elle et faire imploser son couple !

Tu veux quoi en fait Arthur ? Tu veux que ta sœur se retrouve seule et à la rue ? Je sais qu'elle est fragile, je sais quelle fille c'est, contrairement à toi ! Célia ne cherche à faire de mal à personne, elle est juste à la dérive. Et toi au lieu de l'aider, d'essayer de lui apporter plus de stabilité, tu viens ici me dire qu'elle a embrassé un mec ! Mais je m'en fous ! Célia c'est pas ma chose, elle est pas à moi !

— Oui, mais tu l'aimes non ?

— Oui, je l'aime mais pas de cette façon-là, je ne veux pas la posséder, je ne veux pas l'anéantir, je veux juste être là pour elle ! Elle ne va pas bien, oui, elle est malheureuse. Mais tu sais pourquoi ? Parce qu'on ne la laisse pas être elle-même. Elle ne sait plus qui elle est, elle a tellement essayé de plaire à tout le monde, Célia n'est qu'un miroir de ce que vous projetez d'elle, c'est tout, arrête de la rabaisser, estime là, et tu verras qu'elle finira par s'estimer aussi.

Arthur se retourna et partit, tête baissée, la larme à l'œil.

Célia n'apprit jamais que son frère était venu voir Tom, il ne lui dit pas. Ils continuèrent leur petite vie de couple entre films et soirées chez des amis.

Ils avaient peu de fréquentations, Célia avait du mal à renouer avec ses anciennes amies, elle redoutait les moindres questions et préférait rester à distance.

De temps en temps, elle appelait Margaux et Chéryl, profitait d'un instant d'évasion éphémère. Chéryl avait toujours autant d'humour et Margaux avait tellement d'histoires trépidantes à raconter depuis qu'elle avait été sélectionnée comme mannequin de lingerie pour une enseigne publicitaire.

Célia s'était beaucoup rapprochée du jeune homme avec qui elle partageait sa vie, mais elle avait très peur de la suite.

Les études n'étant pas son fort, elle n'arrivait plus du tout à se concentrer, et commençait à nourrir un projet dans son cœur, celui de fonder une famille.

Elle fit part de son désir à Tom, celui-ci était surpris avec leur situation difficile, mais en même temps plus il y pensait plus il réalisait que ce serait peut-être pour Célia l'occasion de surmonter… l'amour pour un enfant l'aiderait à voir la vie sous un nouvel angle.

Il l'encouragea à se lancer tout d'abord dans une thérapie et après seulement il envisagerait de donner son feu vert.

Elle était très enthousiaste et n'avait qu'une hâte : faire ce que Tom lui avait demandé.

Dès le lendemain matin, Célia prit rendez-vous avec le psychologue du CMP.

Les mois avaient passé, et la thérapie de Célia portait ses fruits, malgré le fait qu'elle avait toujours du mal à parler de son traumatisme et qu'elle se rendait compte à quel point elle était fragile.

Elle avait conscience que depuis quatre ans elle ne faisait que fuir, et que son comportement était autodestructeur.

Elle ne parvenait pas à tourner la page bien qu'elle essayait de paraître la plus normale possible.

Son penchant pour l'alcool, son incapacité à dire non, sa peur d'être seule, tout cela faisait partie des choses sur lesquelles il fallait impérativement qu'elle travaille.

La thérapie lui avait permis de se rendre compte que sa vie n'était pas celle qu'elle aurait voulue.

Elle, qui nourrissait le désir de porter la vie, comprenait que le moment n'était pas idéal, et même à force de séances elle allait comprendre que sa relation avec Tom n'avait pas de bases solides.

Elle s'était jetée dans ses bras pour se protéger, elle ne savait pas si son amour pour lui était sincère.

Tom avait poussé Célia à voir un psychologue pour la délivrer de ses démons, mais il n'avait pas pensé que celle-ci allait délivrer Célia de lui.

Certes, il avait eu depuis toujours de bonnes intentions vis-à-vis d'elle, mais il ne lui permettait pas de tourner la page sur son passé, car il en était une pièce maîtresse.

Célia n'avait fait que tenter de cacher ses blessures et ses souffrances, trouvant en Tom un exil où elle pouvait se murer du monde mais il était temps pour elle de sortir de sa tanière, d'affronter enfin son histoire, de se réconcilier avec elle pour reprendre le contrôle.

Elle avait peur de le blesser, elle avait toujours eu cette crainte d'ailleurs, il avait été si bon envers elle.

Elle n'aurait pas survécu sans lui, mais désormais elle voulait vivre, elle ne pouvait plus passer ses jours, terrée dans ses bras et la nuit s'enivrer à attendre que le jour se lève.

Elle avait essayé de saouler sa douleur tellement de fois, elle avait bien vu que celle-ci revenait plus grande chaque matin, accompagnée de la honte.

Se sentir faible et paraître une loque voilà ce que l'alcool lui renvoyait comme image.

Elle s'était mise peu à peu chaque jour, sur les conseils de sa psy, à revenir sur son histoire bout par bout, à essayer de ne rien omettre, à regarder en arrière avec le plus de lucidité possible.

Cet exercice était très éprouvant pour elle, mais à force de pratique, elle remettait les choses en ordre et dans son contexte, elle se rappelait peu à peu qui elle était.

L'envie de revoir sa famille et ses amies résonnait en elle, bien qu'elle eut peur encore de marcher dans la ville natale.

Elle se souvenait de son goût pour les tenues colorées, ses musiques qu'elle aimait tant, et qu'elle n'écoutait plus.

Elle s'apercevait que durant tout ce temps elle avait cessé d'être qui elle était.

Elle se demandait si Tom savait réellement qui elle était alors qu'elle-même ignorait tout d'elle.

Jour après jour, question par question, elle se redécouvrait, apprenait chaque jour un peu plus sur elle.

Elle se souvint qu'enfant elle allait à l'église chaque dimanche avec ses parents et Arthur, qu'elle aimait ça.

En rentrant, elle passait des heures à la fenêtre à scruter le ciel en se demandant ce que faisait ce Dieu toute la journée.

À force de réflexion, elle finit par se demander si ce Dieu savait tout ce qu'elle avait traversé, s'il savait qui était en tort, s'il la croyait, s'il lui pardonnait.

Ce soir-là, Célia se remit à prier, et demanda : « Seigneur, j'ai commis plein d'erreurs, aide-moi, pardonne-moi et guide-moi, dis-moi où te trouver, je t'en supplie ! »

Célia pleura longuement, silencieusement dans son lit. Comme jamais elle ne l'avait fait autrefois, son cœur s'était ouvert, ses larmes s'écoulaient d'elle, tels des grêlons… elle n'avait jamais autant pleuré de sa vie.

Pour la première fois, elle voyait sa vie, se rendait compte de l'étendue des erreurs qu'elle avait commises.

Elle avait tombé le masque de ses peurs et regardait clairement ce qu'elle avait fait.

Cette vie décadente qu'elle avait menée, les liens familiaux qu'elle avait rompus, sa fuite en avant.

Au lever du jour, quelque chose avait changé en elle, comme une certitude que rien ne serait plus comme avant.

Cette nuit à pleurer, à regarder sa vie en face, à prendre conscience de la responsabilité de ses actes avait ouvert des portes qui ne se refermeraient jamais.

Elle avait cette nuit appelé Dieu si fort qu'elle avait en elle l'intime conviction qu'il luit porterait secours.

Tom remarqua lui aussi que Célia était tout autre, son regard n'était plus fuyant, ce faux sourire avait disparu de son visage.

En sortant de son appartement, elle dit à voix basse « Seigneur, je te cherche, aide-moi à te trouver ! »

Célia intrigua Tom :

« Où tu vas ?

— Je sors, j'ai des choses à faire.

— Ah bon, et quoi ?

— Tu verras, je dois y aller, ne m'attends pas ! »

Célia prit le bus, elle avait décidé de partir à l'ANPE, et de s'inscrire comme demandeur d'emploi.

En route, alors que dans sa tête elle ne cessait de penser à cette nuit qu'elle avait passée, un homme arrêta le bus de force, en se mettant devant celui-ci à un arrêt, il monta et cria « Dieu n'est pas entre des murs de pierre, Il est dans ton cœur ».

Ces mots firent écho en elle, Célia tourna les yeux au ciel et en son for intérieur, elle dit « Seigneur, c'est ainsi que Tu me réponds ». Elle palpitait, elle frémissait.

Ainsi Dieu était dans son cœur, et il lui était inutile de chercher un endroit où Le trouver, car elle Le portait déjà en elle.

Ce sentiment la combla de joie, et lui donna de l'assurance. De quoi pouvait-elle avoir peur, si Dieu était auprès d'elle chaque seconde, s'Il ne la quittait jamais ?

Arrivée en ville, à Saint-Pierre, elle entendit quelque chose qu'elle n'avait jamais entendu auparavant.

Quel était ce cri tout à coup ? Cette voix si forte et si belle, qui couvrait tous les bruits de la ville ?

Elle marchait et ne pouvait s'empêcher de fredonner en même temps que celle-ci.

Arrivée près de l'ANPE, elle croisa un groupe de jeunes qui attendaient l'ouverture du bureau administratif, et elle leur posa la question, ils étaient tous très étonnés qu'elle ne connaisse pas « L'appel à la prière ».

En effet, dans sa petite ville natale, il n'y avait pas de mosquée, et à aucun moment, elle n'avait eu l'occasion d'entendre cela.

Eh bien qu'elle ait passé quatre ans au Tampon dans un appartement proche de l'université, elle ne s'était jamais approchée suffisamment près de la mosquée pour entendre cet appel.

Célia était surprise, intriguée, interpellée, cette mélodie lui restait en tête comme un air familier et pourtant elle l'avait entendu pour la toute première fois.

Elle passa l'après-midi dans le bureau, à préparer son CV et sa lettre de motivation sous les conseils avisés d'une conseillère de l'ANPE. Elle était plutôt satisfaite, pour une première fois, elle avait été bien accueillie et n'avait pas eu l'impression d'être venue pour rien. Elle ressortit de là avec un rendez-vous pour la semaine suivante, et elle avait un exemple de CV qu'elle n'avait plus qu'à compléter, et sa lettre de motivation.

En sortant de là, quelle ne fût pas sa surprise d'entendre à nouveau cet appel, elle se disait : « C'est impossible, encore ? »

Elle ignorait tout de cette culture, elle ne savait pas que l'appel à la prière était fait cinq fois par jour.

Comme dans le bus, plus tôt, elle avait l'impression que cet appel lui était destiné.

Elle se sentait comme dans un film, tout autour d'elle, tout n'était que signes.

En rentrant au Tampon dans le bus de 17 heures, elle aperçut une jeune fille à l'arrière qui portait un foulard sur sa tête, Célia intriguée, se leva et alla s'asseoir près d'elle.

En quelques secondes, Célia ouvrit la discussion.

« Excuse-moi, tu es musulmane ?

— Oui, pourquoi ? répondit-elle d'un air surpris.

— Euh, en fait, je me posais quelques questions et j'aurais aimé savoir si tu pouvais me répondre ?

— À quel sujet ? » lui demanda la jeune fille.

Célia, le temps du trajet, lui posa diverses questions au sujet de la mosquée, de l'appel à la prière.

La jeune fille lui répondit le plus simplement possible.

« L'appel à la prière, c'est quand l'heure de la prière arrive, le muezzin lance l'appel, et ainsi tout le monde sait qu'il faut venir faire la prière. »

Célia l'écoutait parler attentivement, au fur et mesure qu'elle lui apprenait des choses, les questions germaient en elle.

Le bus était arrivé à destination, Célia devait descendre.

« Tiens, voilà mon numéro si tu veux, si tu as d'autres questions, n'hésite pas, je m'appelle Aïcha.

— Merci Aïcha avec plaisir, je t'appellerai. Moi c'est Célia, à bientôt ! »

Elle sortit du bus, et rentra chez elle, elle était fière de sa journée, elle n'était pas restée chez elle à procrastiner, elle avait fait des choses concrètes, et avait rencontré des gens, elle était allée de l'avant, et elle se sentait pleine de force.

La jeune fille qu'elle avait rencontrée lui avait beaucoup plu également, elle dégageait quelque chose de différent, on aurait dit qu'elle avait une aura autour d'elle.

Célia avait bien l'intention de la revoir et d'en savoir plus.

Les jeunes filles se sont envoyé des messages durant plusieurs jours et quand Célia repartit en ville pour son rendez-vous à l'ANPE avec sa conseillère, Aïcha eut la gentillesse de l'accompagner.

Elles avaient sympathisé, Célia était son aînée de deux ans, mais Aïcha était clairement la plus mûre et la plus stable des deux.

Aïcha avait tout juste 20 ans et elle faisait un BTS en alternance, elle était actuellement en stage dans une banque à Saint-Pierre le matin uniquement, elle avait donc pour cette semaine toutes ses après-midi de libre et les passait en compagnie de Célia.

Elle lui ramenait des livres sur l'Islam, et elle discutait longuement de la vie en général.

Célia fut surprise d'apprendre qu'Aïcha, en fait, était Lætitia de son prénom de naissance, elle était convertie depuis cinq ans, elle avait découvert l'Islam par hasard, en fréquentant des amies dans une école catholique.

Que c'était étrange d'entendre cela, c'est vrai qu'ici à la Réunion, il y avait tant de diversité.

Il est fréquent que les enfants de la communauté musulmane fréquentent les écoles privées qui à la Réunion, sont pour la plupart des écoles catholiques.

Lætitia, qui à l'époque avait certains problèmes de rigueur avait été envoyée en école privée car ses parents voulaient absolument qu'elle obtienne son bac avec mention, pour eux c'était là un gage de réussite pour leur fille.

Non seulement celle-ci eut son bac avec mention, mais elle développa un intérêt de plus en plus grand pour l'Islam, et le jour même de ses résultats d'examen, elle fit le choix de se convertir.

Célia n'en revenait pas, si jeune, Aïcha avait pris une si grande décision.

« Qu'est-ce que cela t'a apporté ?

— Tout, vraiment, ça a tout changé, j'étais moi enfin ! »

Célia au fil des jours, ressentait cet engouement, elle dévorait les livres, elle apprenait le plus possible.

Aïcha était son amie, et son modèle, peu à peu, elle voyait le monde différemment, et ressentait les choses autrement.

Tom voyait Célia de jour en jour se métamorphoser, elle passait de moins en moins de temps avec lui, les soirées alcoolisées c'était fini, Célia n'en ressentait plus le besoin, pire elle les fuyait.

Elle recherchait le calme et la quiétude.

Célia avait envie d'une nouvelle vie, de tout reprendre à zéro.

Et plus elle découvrait cette religion, et plus celle-ci l'attirait.

Les convertis étaient comme des nouveau-nés, leurs péchés antérieurs étaient effacés, Célia trouvait cela merveilleux.

Oui, elle avait tellement envie de tout effacer, de tout recommencer.

Il serait si aisé, de faire table rase de tout ce qu'elle avait vécu, et de s'offrir une nouvelle vie.

Mais autant l'Islam lui permettait de se racheter une conduite, autant elle découvrait que l'Islam ne permettait pas que l'on abandonne sa famille.

La famille est un emblème sacré, on ne doit pas l'abandonner, rompre les liens familiaux est un sacrilège.

Aïcha la poussait à reprendre contact avec sa famille, et bien que Célia eut du mal, elle le fit !

Elle allait désormais chaque week-end chez sa mère, et elle avait fait la paix avec son frère.

Sa famille était heureuse de la voir, ces dernières années Célia prétextait toutes sortes d'excuses pour éviter les réunions de famille.

Cela faisait maintenant treize mois que chaque jeudi Célia étudiait la religion avec Aïcha, les deux filles étaient devenues des amies, Célia s'était métamorphosée, elle avait pris confiance en elle, et avait commencé depuis peu à travailler dans un restaurant.

Elle n'aimait pas beaucoup ce travail et aspirait à mieux, mais en attendant elle se disait que cela lui permettrait d'économiser afin de passer son permis et qu'après elle essaierait de préparer le concours d'infirmière.

Tom était parti depuis quelques semaines, ils ne s'étaient pas séparés, mais les changements chez Célia avaient fait qu'il n'était plus envisageable pour elle de rester sous le même toit que lui alors que leur relation était ambiguë.

Toutes ses séances avec le psy et l'étude de la religion lui avaient fait prendre conscience que leur relation était malsaine.

Elle était une jeune fille, et elle devait préserver sa pudeur et sa dignité.

Elle avait tellement besoin de se réparer et de se revaloriser, comment pourrait-elle le faire en vivant ainsi avec un garçon, gentil certes, mais surtout il n'y avait aucun engagement entre eux.

Tom avait bien pris les choses et en voyant Célia reprendre sa vie en main, il en fit de même, il reprit ses études en histoire de l'art.

Ils s'appelaient chaque semaine, mais le ton entre eux avait changé, Tom semblait prendre chaque jour un statut d'ami, son cœur pinçait un peu, car Célia lui manquait, mais au fond, il le savait, cette situation ne pouvait perdurer et après tout, c'était tout ce qu'il lui souhaitait, qu'elle soit heureuse.

Il avait compris qu'il ne pouvait faire son bonheur, Célia avait besoin de tourner la page sur les difficultés qu'elle avait rencontrées, elle devait tout changer du tout au tout.

Célia avait enfin trouvé un certain équilibre et il était tant pour elle d'aller plus loin.

Elle appela Aïcha et lui dit qu'elle voulait se convertir. Son amie fondit en larmes au téléphone.

« Tu es sûre de toi, tu ne le fais pas pour moi ?

Non, je le fais pour moi ! »

Elles étaient toutes les deux heureuses, cette nouvelle les remplissait de joie.

Aïcha avait tout prévu, c'était un lundi matin, Célia devait prendre son bain et porter des vêtements propres.

Elle allait la conduire chez une sœur musulmane qui s'occupait des jeunes convertis.

Célia était enthousiaste, heureuse, elle avait hâte de le faire.

Durant plus d'un an, elle étudia cette religion, et son cœur malgré elle avait été conquis.

Ce n'était plus qu'une formalité, devenir musulmane officiellement, car dans son cœur, elle avait déjà fait le chemin.

Ce fut simple, elle prononça la « chahada » et ainsi elle embrassait l'Islam et faisait le choix de suivre cette belle religion.

Célia avait cessé de fumer et de boire déjà depuis quelque temps, sa conduite et ses tenues avaient évolué. Toute sa vie semblait s'être remise sur les rails.

La sœur lui montra comment faire la prière, ce fut magique, se prosterner pour la première fois sur ce tapis de prière, le contact de son front sur le sol, s'abaisser ainsi devant Dieu, Célia était transportée.

Elle avait l'impression de flotter dans les airs, tout autour s'était métamorphosé, elle ne faisait plus partie de ce monde, elle s'était rendue quelque part ailleurs.

La saveur de cet instant, elle la recherchera et le retrouvera dans chacune de ses prières. Cet état d'extase elle le vivra quelques mois. De jour en jour, son plaisir se décuplait.

La richesse de l'Islam dans sa pratique la transportait. Vu de l'extérieur cela pouvait paraître si contraignant, mais de l'intérieur, Célia vivait un éveil spirituel de chaque instant rythmé.

Elle se sentait bien, apaisée, heureuse et épanouie.

La foi s'était emparée d'elle, elle conversait avec son Seigneur, seconde après seconde, et sa vie se transformait de jour en jour.

L'Islam avait apporté à Célia un dévoilement, elle voyait désormais clairement tous les obstacles qui l'entouraient, toutes les choses qui l'empêchaient d'avancer.

Elle arrivait à prendre des décisions, à penser à son bien.

Toutes les bases solides dont elle avait besoin pour réussir, dans son apprentissage, elle les découvrait.

Elle s'était rapprochée de ses parents, elle voyait sa mère chaque week-end et passaient du temps l'une et l'autre à discuter.

Célia avait fait la paix avec Arthur, et bien que le jeune homme émettait des doutes sur le choix de sa sœur de se convertir, il fut forcé de reconnaître qu'il voyait en elle des changements plus que bénéfiques.

Sa sœur avait enfin des projets, elle était sortie de son errance, elle avait repris le goût de vivre.

Il ne la voyait plus se détruire, elle semblait épanouie.

Monique, elle aussi, voyait les changements, Célia n'était plus pleine de colère comme autrefois.

Elle arrivait désormais à parler à sa fille, sans que celle-ci ne s'emporte.

Célia avait envie de bien faire, elle suivait les conseils d'Aïcha, mais surtout, elle appliquait scrupuleusement ce que l'Islam recommandait, et préserver les liens familiaux en faisait partie.

La mère dans l'Islam a une place très importante, il n'était pas permis de lui causer du tort, de lui faire du mal et de lui désobéir.

Célia voulait pardonner à tous ceux qui l'entouraient, elle se rendait bien compte que nul n'était parfait, que chacun avait son histoire et sa raison d'agir comme il le voulait, elle ne voulait plus ressasser le passé.

Elle pardonnait à sa mère, et espérait le même pardon en retour.

Elle voulait même bien plus, reconstruire entre elles un pont qui leur permettrait de survoler tout ce qu'elles avaient traversé, recommencer à zéro.

Bien que cela lui était difficile, elle essaya également de pardonner à celui qui lui avait fait du mal.

Les mois qui suivirent sa conversion étaient féeriques, c'était incroyable comme son corps se sentait si léger, elle n'avait prononcé qu'une phrase simple et anodine, et avait tout bonnement mis en pratique quelques petits rituels quotidiens tel que le « wouzou » qui est la purification des membres, et elle faisait ses cinq prières par jour. Et tout avait changé, en elle et autour d'elle.

Elle se sentait si forte, commencer la journée par se lever à l'aube pour la prière était déjà un combat rudement gagné, qui lui donnait la capacité de déplacer les montagnes, si elle pouvait faire cela, rien en effet ne pourrait la faire flancher.

La prière rituelle est un moment où on laisse tous les problèmes de ce monde et où l'on se tourne vers Dieu, se remettant totalement à Lui.

C'est une source de paix, elle permet de se régénérer.

Ayant comme les propriétés de la méditation, c'était un moment que Célia aimait, elle n'avait jamais ressenti cela auparavant.

C'était un réel bonheur de se prosterner, Célia avait l'impression à chaque fois de voler sur le tapis. Elle ressentait un tel apaisement…

En parlant avec des convertis comme elle, elle s'aperçut que beaucoup avaient eu cette période de grâce, cette sensation que tout autour de soi s'était mis à l'unisson, que le nom d'Allah faisait écho dans leur cœur.

Elle n'avait besoin de rien pour penser à Lui, car tout en elle en était que le fruit.

Chaque battement de son cœur semblait faire Sa louange. Célia n'était plus jamais seule, partout où elle allait, elle marchait accompagnée de sa force spirituelle.

Les jours passaient les uns après les autres, et sa vie devenait de plus en plus belle, tous ses problèmes se réglaient comme par magie.

Tout comme elle avait appris à régir ses journées, elle apprenait à organiser ses semaines et ses projets.

Elle avait retissé les liens avec sa famille, et commençait à parler à cœur ouvert avec son père, elle lui racontait ce que la foi lui apportait, Frédéric semblait fasciné en l'écoutant, il retrouvait son enfant, sa grande profondeur.

Célia ne lui avait jamais fait de reproches, mais elle n'avait jamais réussi à faire semblant, et cela lui était trop dur d'en parler.

Et pourtant depuis qu'elle était musulmane, en elle quelque chose avait mûri, elle comprenait que tout être est faible de nature, il est à la portée de tous de se tromper, commettre des erreurs, tous étaient capables des pires bassesses comme des plus grandes marques de dévotion.

Célia avait appris de toutes ses erreurs passées, elle avait vu combien il était difficile de mener une vie droite sans tomber, sans faillir.

Elle n'en voulait plus à son père, ce n'était qu'un homme, il avait fauté, mais il était là.

Sa faute ne représentait pas tout ce qu'il était, il était et est ce père aimant, sur qui l'on peut compter, qui en silence avait toujours été là.

Célia se sentait tellement heureuse et épanouie, elle avait envie de parler de sa foi à tout le monde.

Elle en oubliait tellement le passé, qu'elle ne se rendait pas compte, que son changement si brutal pouvait en choquer plus d'un.

Tout lui était égal, désormais ce qui comptait, était que son Seigneur soit satisfait d'elle.

Elle s'était promis de tout changer, elle avait cessé tout ce qui était à l'encontre de sa religion.

Aïcha était là pour l'épauler, et elle lui présenta beaucoup d'autres sœurs musulmanes, converties tout comme elle.

Chacune avait des histoires différentes, elles étaient arrivées à l'Islam par divers chemins, mais toutes étaient devenues de ferventes croyantes.

Elles étaient rayonnantes toutes ces femmes, leur foi était si grande, Célia se remplissait de force en leur présence.

Célia se sentait chanceuse, certes elle avait traversé de durs moments, mais sans ces moments difficiles finalement serait-elle arrivée là où elle était aujourd'hui ?

Elle prenait en force, et elle s'apercevait de sa valeur.

Elle pensait très souvent à Tom, elle priait pour lui, elle lui souhaitait le meilleur.

Elle savait qu'elle ne pouvait plus mener la même vie qu'avant, mais elle savait que si elle avait tenu le coup jusqu'ici c'était grâce à lui.

Il avait été là quand elle avait eu besoin de panser ses blessures, ce fut long et douloureux, mais cela avait été nécessaire.

Si elle pouvait aujourd'hui affronter la vie de nouveau, c'était après avoir pris le temps qu'il lui fallait pour souffrir.

L'Islam était arrivé à elle au bon moment, au moment où elle était apte à recevoir ce cadeau précieux qu'est la foi.

Célia appelait chaque jour sa mère, et bien que souvent, elles n'avaient rien à se dire, Célia avait besoin de lui montrer que désormais elle était là.

Arthur était heureux de voir sa sœur se métamorphoser sous ses yeux, elle semblait épanouie et de plus en plus sûre d'elle.

Le jour où Célia décida de porter le voile jeta un froid, mais il vit qu'elle était décidée et fière, le visage rayonnant.

La chaleur de l'île ne l'effrayait pas, elle porterait son voile avec fierté.

Elle ne s'était jamais sentie aussi belle qu'à cet instant, elle se sentait libre comme jamais.

Contrairement aux idées reçues, c'était là sa liberté, celle de ne pas être exposée aux regards des autres, celle de pouvoir être sans paraître.

Ce bout de tissu lui donnait du cachet, augmentait sa valeur, préservait sa pudeur, Célia en était convaincue, et cela lui faisait du bien.

Elle se sentait en sécurité, aucun homme ne l'importunait, et ceux qui n'avaient aucune raison de l'approcher s'éloignaient d'elle.

Dans cette nouvelle vie, Célia avait trouvé ses marques, toutes les règles érigées autour d'elle par l'Islam lui permettaient d'évoluer dans un cadre, elle avait besoin de cette rigueur.

Rien n'était laissé au hasard, tout était bien pensé, pour elle il n'y avait aucun doute, c'était le droit chemin.

Un matin, à l'apogée de son bonheur, la réalité de la vie la rattrapa, un terrible accident était survenu : Aïcha était morte !

Ce fut un couteau en plein cœur, on avait détruit en l'espace de quelques secondes son bonheur.

La douleur était intense, imaginer ce monde sans elle un supplice...

Il lui fallut quelques heures pour comprendre, pour assimiler. Si jeune comment pouvait-on partir ?

Mais c'était cela la vie, nous ne sommes que de passage, et le but final est de partir, et nous partions tous.

Célia était redescendue sur terre, son monde féerique s'était effondré.

Elle avait perdu là une amie, une sœur, un phare.

Il fallut chercher en soi, au plus profond de son âme, la source de sa foi pour arriver jour après jour à retrouver le goût pour la vie.

Célia avait enduré cette épreuve difficilement, tout lui faisait penser à l'absence d'Aïcha.

Elle se consolait en se disant que celle-ci avait eu une vie exemplaire, c'était une jeune fille merveilleuse, pleine de bonté.

Aïcha avait toujours le sourire, le mot pour rassurer, et puis elle était toujours prête à rendre service.

Célia était fière de l'avoir rencontrée, elle la retrouverait un jour. Elle mènerait une vie exemplaire elle aussi pour pouvoir la retrouver.

Elle suivit le dernier conseil que son amie lui avait donné une semaine avant sa mort.

« Il faut que tu te maries, Soumaya ! »

Soumaya, c'est ainsi qu'Aïcha l'avait appelée depuis sa conversion. Cela voulait dire « sublime ». Aïcha lui disait : « Tu deviendras sublime, j'en suis sûre ! ».

Peu à peu, elle accepta ce nom et se dit que son amie ne pouvait qu'avoir raison, il lui fallait un mari, un partenaire dans sa vie et dans sa religion.

Quelqu'un qui l'aiderait à se préserver, dans l'Islam il est dit que le mariage c'est la moitié de la foi.

Soumaya voulait donc se marier et, très vite, une sœur lui proposa de rencontrer son frère converti lui aussi.

Après s'être rencontrés quelques fois, elle se maria avec Ahmad, un petit mariage modeste avec quelques sœurs et frères de la communauté.

Les débuts entre eux furent difficiles, Soumaya ne savait pas trop qui il était et vice versa, mais ils partageaient la même foi et cela suffisait à rendre leur couple légitime et au fil du temps elle se rendit compte que cela le mettait au-dessus des autres.

Il ne correspondait pas à l'idéal masculin sur lequel elle avait autrefois fantasmé.

En fait, sur la plupart des sujets, ils étaient opposés, mais ce qui était charmant était sa véritable intention de mener son couple dans le temps et à travers les épreuves, ce qui la rassurait car jusqu'ici aucun homme ne lui avait garanti cela. Certes, ils étaient mariés religieusement mais cela allait plus loin, c'était la première fois qu'elle rencontrait quelqu'un d'aussi droit dans ses baskets.

Il savait ce qu'il faisait et connaissait les enjeux d'une relation.

Sa confiance en Allah faisait qu'il n'avait pas cette peur incessante de se tromper.

Ce que tous ressentent, le doute qui pousse sans cesse à remettre sa vie en question et bien souvent à rompre.

L'être humain recherche un idéal et comme celui-ci ne peut exister, il préfère conserver cette place libre plutôt que de la brader.

Soumaya n'avait pas ce sentiment, elle ne se bradait pas, non, elle s'offrait sa chance.

Ils étaient un vrai couple au même titre qu'un autre.

Elle faisait de son mieux pour ne commettre aucune erreur. Ne pas mentir, ne pas tricher, ne pas dissimuler, comme elle avait fait autrefois.

Elle avait ses défauts, elle était impulsive, colérique, prête à bondir à la moindre contrariété.

Dans ce nouveau rôle d'épouse, chaque jour, elle cherchait sa place, elle devait apprendre à s'ajuster.

Elle ne fuyait plus, elle le savait, cette fois, il fallait réussir.

Depuis sa conversion, elle n'avait plus revu Ulrick, et elle avait mis une pierre sur son cœur depuis bien longtemps.

Ahmad était un homme bon et patient, elle ne voulait pas lui faire du mal, elle ferait les choses bien.

Jusqu'ici, aucun homme n'avait réussi à éteindre le feu dévorant de son âme, et personne ne l'aurait pu.

Tom avait rencontré Ahmad, Soumaya y tenait, elle voulait tourner la page sur son passé, mais elle avait besoin de dire adieu à Tom et de le remercier.

« Prends soin d'elle ! » lança Tom à Ahmad en s'éloignant :
« Adieu Célia ! Sois heureuse ».

C'était sa foi désormais qui lui permettait de voir clair, et de discerner le bien du mal.

Son mari n'était pas un magicien, ni un illusionniste, mais un homme avec des bases solides qui lui permettaient de ne pas vaciller.

Finalement, cet inconnu qu'elle épousait lui garantissait tant de choses en si peu de temps, mais surtout son amour pour Allah lui assurait d'emporter son bonheur et sa force avec elle pour toujours.

Les premiers mois ont été de la découverte, de l'apprentissage.

Cela s'était plutôt bien passé, bien mieux que ses autres relations car elle était profondément décidée à réussir, et puis il fallait le reconnaître il régnait autour d'eux comme une sorte de magie, tout ce qu'ils entreprenaient semblait rempli de succès.

Soumaya aurait tant aimé qu'Aïcha assiste à tout ça, qu'elle la voit cheminer sur la voie droite.

Elle était convaincue que son amie aurait été heureuse pour elle.

Célia continuait de voir la psychologue, une à deux fois dans l'année.

« Eh bien, Célia, je suis vraiment contente pour vous ! Quelle progression ! Vous pouvez être fière de ce que vous avez accompli !

— Croyez-moi, je le dois à Dieu ! »

Célia savait que la route serait longue, il y aurait sûrement d'autres épreuves sur la route, les démons du passé pouvaient de nouveau ressurgir…

Mais elle n'était plus seule, Allah l'aiderait à faire face.

Remerciements

Je tiens à remercier les êtres chers qui m'ont soutenue tout au long de cette aventure littéraire :

- À mon mari qui a fait de mes rêves une réalité ;
- À mes premières lectrices : Bilkiss, Aline, Maimouna et Isabelle pour leurs encouragements et leur bienveillance à mon égard.

Imprimé en Allemagne
Achevé d'imprimer en avril 2022
Dépôt légal : avril 2022

Pour

Le Lys Bleu Éditions
40, rue du Louvre
75001 Paris